山围故国

旧闻新语读南京

程章灿 著

南京大学出版社

目 录

001　小　引

第一辑　佳丽地

007　两座读书台，一个文化传统

014　以讹传讹的萧景墓

019　栖霞山山神

022　南京有座蛤蟆城

026　岩壁上的名字

032　古墓派衣冠冢分舵

036　南京先贤祠

042　戴镣铐的燕子

047　燕子矶水神

053　饭头、园头及古林寺的传说

057　乌龙潭的"及时雨"

062　细柳巷的故事

065　雨花石的旧名

069　栖霞山：枫叶为什么那样红？

077　行走江湖须知

081　南京哪个大学？

084　"文革"印记：红彤彤的南京区名

第二辑　前朝盛事

091　最高领导人看望《元史》课题组

097　颂圣是个技术活儿

110　文青朱厚照及其 CP

118　那一夜，牛首山山灵夜吼

124　朱厚照导演作品

129　"戏说"明武宗下江南

135　南京为苏东坡祝寿

140　浩劫后的那场江南乡试

145　访碑作为一种生活方式

150　渔樵旧侣知相忆

156　两江总督怎样办教育

161　诗意的韭菜

165　南京的酒和酒令

第三辑　旧迹郁苍苍

171　"晋代衣冠成古丘"猜想

178　不殴妓的老干部不是好诗人

187　晚知书画真有益

191　金陵布衣赛诗

195　李叔同的"前尘影事"

203　老南京对联

207　老南京门联中的六朝气

211　豁蒙楼七老联句

218　程千帆师与对联

229　写给大报恩寺的三副对联

237　石头城下长板桥

243　"九如"是什么？

第四辑　王谢邻里

251　这样的爹不坑白不坑

257　美女莫愁的隔壁老王

263　金陵奇人刘虚白

267　那时的建业关山

271　树上的诗人

275　沈周、祝枝山和唐伯虎的秋香

282　诗人左臂的一枚万历古钱

288　柳如是的弓鞋与竹刻大师的技艺

294　袁才子乱判葫芦案

298　"坐井观天"的井天斋

304　黄云鹄何许人也？

309　诗人胡翔冬先生佚事

314　写在陈寅恪挽王国维联的边上

小　引

紫金山、青龙山、栖霞山、清凉山、将军山、牛首山、方山、幕府山、顶山，东西南北，群山围绕故国。

故国，既是政治上的故都，也是文化上的故乡。

每座山都有自己的传奇故事，一如山上的草木，随岁月而枯荣。无数传奇故事，大大小小，围聚缠绕，编织成一部南京城的历史，有大历史，也有小历史。

北宋大词人周邦彦曾任溧水知县，我说不清他在溧水有何政绩，却牢牢记住了他那首《西河·金陵怀古》：

佳丽地。南朝盛事谁记？山围故国绕清江，髻鬟对起。怒涛寂寞打孤城，风樯遥度天际。

断崖树，犹倒倚。莫愁艇子曾系。空余旧迹郁苍苍，雾沉半垒。夜深月过女墙来，伤心东望淮水。

酒旗戏鼓甚处市？想依稀，王谢邻里。燕子不知何世，向寻常、巷陌人家，相对如说兴亡，斜阳里。

月过女墙,人隔淮水,佳丽南朝,旧时燕子,背后隐藏着多少传奇故事,说不尽,读不完。南京这一部厚厚的史书,周邦彦是认真读过的,《西河·金陵怀古》就是他的读书笔记。

每个生活在南京的人,每个路过南京的人,都有这样一篇读书笔记,只不过有的人写下来,有的人藏在心里。《山围故国》是我的读书笔记,是阅读南京的一组随笔,是近十年间陆陆续续写下来的。

二十岁那年负笈南来,没想到就在南京长住了下来,不知不觉,至今已经三十六年矣。弹指一挥间,逝者如斯夫!

与南京镇日厮守,每天睁开眼,阅读的就是它。用眼睛、用耳朵、用脚步、用鼻子,阅读的方式多种多样。我在这里读到了胜地遗迹,读到了名贤奇士,也读到了旧闻和新语。人已远,事已渺,然而旧地犹在,江山如故,馀韵依然,这样的阅读近乡土,接地气。

"旧闻"就是当年的新闻,"新语"或将成为他日的历史。我眼中的"旧闻",大多是细碎的枝节;我笔下的"新语",大多是丛残的故事。只有细小的陈迹和旧事,没有宏大,也不时尚。小有小的好处,具体而真切,一篇两三千字的文章,惟小是务,不知其馀。五世纪的南京,曾经产生过一部《世说新语》,一千多条,都简短而隽永,我的"旧闻新语"是邯郸学步,东施效颦。

《山围故国》共收录文章五十五篇,都是"旧闻"或是"新语",分为四辑:"佳丽地""前朝盛事""旧迹郁苍苍""王谢邻里"。书名和辑名都是从周邦彦词中"挦撦"来的,未经词人许可。山很沉重,故国更沉重,我希望借助婉约词人的笔墨,为这个沉重的话题添加一点轻灵。如果不能,那就权当向"阅读南京"的周邦彦前辈致敬吧。

这些文章的初稿,曾经贴在我的新浪博客("廿年远在帝王州")之上,二稿迁移到我的个人微信公众号("金陵帝王州"),现在终于以纸本的形式,在线下与大家正式见面。昔年孟母三迁,为的是替儿子寻找最佳的成长环境。我对自己这些小文章的敝帚自珍之情,庶几近之。

十三年前的《旧时燕——一座城市的传奇》,应该算是我的第一本阅读南京的笔记。十三年太久。我希望下一本读城笔记,不需要等待那么长时间。

2019 年 5 月 4 日
于金陵城东之仙霞庐

第一辑　佳丽地

两座读书台,一个文化传统

古人常借住寺庙读书,图的是清静。北宋中期,原籍福建福清的年轻人郑侠(1041—1119),跟随担任江宁府监税的父亲来到南京,就选择在清凉寺读书。清凉寺西偏有一座瑞像阁,小郑就借住在那里。那时的清凉寺不仅清静,而且凉快,是个适合读书的好地方。九百年后,广州路西延,新辟的马路将车水马龙和人语喧嚣带到了山门之前,但入山稍深,仍是一片清凉之境。

那时候,后来官至宰相的王安石(1021—1086)也住在南京。论岁数,他是郑侠的前辈;论家世经历,他有一点跟郑侠相同,都是因为父亲在此做官,才定居南京。郑侠读书异常刻苦,只有冬至和元日才回家看看父母,其他时间都在寺里用功。这事传开来,远近皆知,王安石也听说了,对这个好学的年轻人,他不免有些好奇。

有一天,王安石派学生杨骥带上酒食,上清凉寺看望郑侠。那天正好遇上大雪,唐代人说,"晚来天欲雪,能饮一杯无?"雪一下,这问话就显得多余了。于是,宾主饮酒赋诗,其

清凉山公园内的这口南唐古井,想来郑侠和王安石应该都见过。

乐融融。郑侠写的诗题为《瑞像阁同杨骥雪夜饮酒》：

> 浓雪暴寒斋，寒斋岂怕哉！
> 书随更漏尽，春逐酒瓶开。
> 一酌留孔孟，再酌招赐回。
> 酌酌入诗句，同上玉楼台。

雪下得很凶猛，不过也没什么可怕，对雪读书，看雪饮酒，别是人生一乐。这诗有个性，但真正称得上有文采的，只有"书随更漏尽，春逐酒瓶开"二句。两句诗相互配合，有了第二句，才显得第一句写的不是书呆子；有了第一句，才显得第二句写的不是酗酒的酒徒——端的是有志向，也有抱负；有胸怀，也有气魄。虽然有句无篇，但单凭这两句诗，已经让王安石对郑侠刮目相看了。第二年，二十七岁的郑侠考中进士，王安石对他就更加器重了。

王安石执政之后，很想提拔这位年轻人，可是，郑侠对王安石施行的新法却很不以为然。他屡次上书，公开反对青苗法，又画了一幅《流民图》，讽刺王安石新法造成民不聊生的局面。他还写了一首《和荆公何处难忘酒》，直言不讳地批评王安石，一点不留情面：

何处难缄口，熙宁政失中。
四方三面战，十室九家空。
见佞眸如水，闻忠耳似聋。
君门深万里，安得此言通。

区区一个监门小吏，芝麻绿豆大的官，却忧念国事，竟敢摸老虎屁股，挑战深受皇帝宠信的宰相，那后果可想而知。郑侠被罢官免职，去职之时身无长物，只剩下一把拂尘，人们因而称他为"一拂先生"。到了南宋嘉定十四年（1221），有位名叫商硕的官员为了纪念他，就以书堂为祠，称为"一拂祠"。

郑侠字介夫，好侠而刚介，他的名字正如他的性格。到了南宋，政治形势变了，批评王安石变法的人越来越多，人们着手为郑侠平反，开始讨论他的谥号。有人说，既然他人如其字，那就干脆以字为谥，于是谥号就确定为"介"。所以，有时候他也被人们称为"郑介公"。据《景定建康志》记载，南宋时代，建康府学祭祀的二十六名先贤中，就有一拂先生郑侠。万历中，先贤祠迁到中华门外普德寺后山，祠先贤四十一名，不是生于金陵的，就是游宦往来于金陵的，那里面就有一位"宋监安上门郑介夫侠"。

万历年间，焦竑主持重修一拂祠，致敬前代这位有气节的读书人。他请郑侠的福清同乡叶向高撰写记文，此举有特殊的

今天的崇正书院大门

纪念意义。在祠庙重修后不久，福建诗人徐𤊹来到这里，拜谒同乡前贤郑先生的祠庙：

> 先朝祠宇枕嶙峋，此日重瞻庙貌新。
> 击柝监门称小吏，画图伏阙上流民。
> 万言抗疏宁辞死，一拂还家岂厌贫。
> 只为青苗三日雨，却羞苹藻几千春。

清代钱塘诗人陈文述《秣陵集》中，也有《一拂清忠祠》一首：

> 生平忠爱郑监门，清宦归来一拂存。
> 曾写流民讽新法，可怜安石枉争墩。

诗前另有小序，说明此祠的位置与来历。南京籍诗人王友亮《金陵杂咏》中也有《一拂祠》一题，称祠在"清凉山下，祀宋监门郑侠，去官之日，惟持一拂，故名"，说法与陈文述相同。陈文述、王友亮都是乾嘉时代人，陈文述颇有一些诗名，但是说实话，这两首诗写得不怎么样，诗序倒有些史料价值。

清凉山周边历来是读书的好地方。晚明时代，清凉山上有耿定向、焦竑等人创办的崇正书院，一拂先生祠就在崇正书院旁边。这座祠庙,明代人或者称之为"郑侠读书堂",见明人陈沂《金陵世纪》;或者称之为"郑介公书台",见晚明孙应岳所撰《金陵选胜》。

书台也好,读书堂也好,总之,位置都是在城西。郑介公读书台与城东南的周处读书台遥遥相望,代表了南京读书史上两个自具特色的文化传统:一个敢于挑战威权,一个勇于改过自新。两个传统,也可以说就是一个,那就是"读书改变命运"。

以讹传讹的萧景墓

南京的六朝陵墓石刻中,位于栖霞区十月村农田之中的萧景墓石刻,是最为知名的一处。因为它就在栖霞大道边上,四周是一片开阔的田野,无遮无拦,车来车往,很方便寻访。

萧景(477—523),字子昭,是梁武帝萧衍叔父萧崇之的儿子。这样论起来,他应该算是萧衍的堂弟。梁朝建立之后,他很受梁武帝器重,虽然不是亲兄弟,却非常受信任。很多军国大事,梁武帝都跟他商量。梁武帝还派他驻守军事要地,掌权领兵,独当一面,待他跟亲兄弟一样。可惜,普通四年(523)他就去世了,享年才四十七岁。他生前曾受封为吴平县侯,死后追赠侍中、中抚将军、开府仪同三司,谥曰忠,所以,史书上又称他为"吴平忠侯"。他是在郢州刺史任上去世的,初葬于江夏(今湖北武汉),后来才迁葬建康(今南京)。

除了雕刻得栩栩如生的辟邪,萧景墓前还有一根石柱,巍然立于田野之中。石柱通高 6.50 米,柱围 2.48 米。柱头有一个圆盖,有覆莲纹的装饰。圆盖之上,屹立着一只小辟邪,头顶蓝天白云,高瞻远瞩,作长啸状。石柱雕刻隐陷直刳棱纹 24 道,

萧景(嵒)墓前石柱

有点像罗马柱。柱身上方接近圆盖处,有一个长方形柱额,可以看出是汉代碑额的变形。上面反刻着"梁故侍中、中抚将军、开府仪同三司、吴平忠侯萧公之神道",虽然是反书,但字划清晰,结构严整,堪称书法精品,肯定出自书法高手。这是当时流行的一种书体,称为"反左书"。从墓葬形制来推测,当时神道两侧应该树有两根石柱,东西相对,一正一反。既然这根柱子刻的是"反左书",另一根现已不存的柱子上,刻的应该是正常书体。

这个墓的主人是萧景,各家旅游手册上是这么说的;历来出版的南京六朝文物书籍,也是这么介绍的;景点现场的说明牌子,还是这么标识的;可谓众口一词,无可怀疑。其实,这是一个相沿一千多年的讹误。

实际上,墓主的本名是萧昺。"昺"字读作 bǐng,是明亮的意思,与他的字"子昭"的意义正相对应。唐初,姚思廉编撰《梁书》的时候,为了避唐王朝的讳,把"萧昺"改成了"萧景"。因为唐高祖李渊的父亲名叫李昞,"昞"也可以写作"昺",所以唐朝人碰到这两个字都要避讳,甚至碰到其中的构件"丙"字,也会为了避讳而改作"景"。在唐代石刻中,经常可以看到把干支中的"丙"改作"景"的,就是这个缘故。中华书局出版的校点本《梁书》卷二十四《萧景传》第一条校记,就指出了萧景讹名这个问题,还另外提出一条证据:《弘明集》中有一位曾经参与当时最热门、最前沿的"神灭论"辩论的卫尉卿萧昺，就是这位萧景。根据《梁书》本传，萧昺当过卫尉卿，时间就在天监五年；本传又说他"雅有风力，长于辞令"，也完全吻合。后来，李延寿撰《南史》，同样为了避讳而改作"萧景"。萧景的讹名，就随着这两部正史而以讹传讹地流传开来了。唐朝早已成为历史，唐朝以后的人早就没必要避讳，可是对于萧景回改本名这件事，大家似乎都不太关心。

曾经有一些机会来到人们面前，却都转瞬即逝，没有被抓住。宋代人就已经注意到这个神道石柱，南宋人张敦颐编《六朝事迹编类》，在"坟陵门"中列入《梁吴平忠侯墓》，已称墓主为"萧景"，并引《南史》为证。周应合编《景定建康志》的时候，也记录了萧景墓，同样引《南史》为证。这两本书都把萧景的字"子昭"误作"子照"，名弄错了，字也没有写对，元代的《至大金陵新志》却"照单全收"。总之，"萧景"说的始作俑者是《梁书》和《南史》。如果说，方志类文献不做深考还情有可原，那么到了清代，情况就不一样了。乾嘉时代一大批严谨而博雅的学者居然没有查勘《梁书》和《南史》，就有点匪夷所思了。钱大昕撰《潜研堂金石文跋尾》、赵绍祖撰《金石文钞》、洪颐煊撰《平津读碑记》，皆径称作"萧景碑"；南京本地人严观编《江宁金石记》、清代金石学大家孙星衍编《寰宇访碑录》的时候，也都没有深考，仍然用"萧景"这个名字来称呼南朝这座神道石阙的主人。萧景讹名的影响,就这样从正史而漫延到文博考古界,一直沿用到了今天。

是时候纠正这个讹传,还"梁吴平忠侯"以萧昺的本名了!

栖霞山山神

燕子矶水神裘曰修说过,做鬼神要讲境界,使人畏,不如使人敬。可是,有人天生形象不佳,甫一露面,就要吓得人直哆嗦,很难使人心生敬意,比如,栖霞山山神。

清人王友亮写过一首诗,题为《摄山》(即栖霞山),其中有一联:"舍宅已传明处士,主山偏说靳将军。"上句讲的是栖霞寺开山史上鼎鼎大名的处士——明僧绍,下句说的是栖霞山山神靳将军。

靳将军不是别人,就是战国时代楚国的大夫靳尚。他生前与屈原作对,死后却在不少地方立祠,受人崇拜。至少从南朝开始,他在南京也神气起来,竟然当上了栖霞山山神,血食一方。

南朝僧人慧皎所撰《高僧传》中已经有这种说法,南朝文人江总《摄山栖霞寺碑》也有记载。据他们说,当时栖霞山上已有靳尚祠,他的身份就是栖霞山山神。最初,到栖霞山立馆定居的是一些道士。这靳尚容不下道士,借机作祟,妖异横生,这些道士相继染病,死的死,走的走,一个不剩。这种说法大概出自当时的信佛人士,所以不免有点幸灾乐祸。

南齐永明（483—493）初年，高僧法度来栖霞山立寺，他的高尚义行感化了靳尚。靳尚手持名片，上门拜见法度，自愿为门徒，甘受菩提戒。为了表达诚意，靳尚送钱送香烛，以为供奉。他还特地派人整修了坎坷不平的山路，方便寺僧行走。更妙的是，他托梦给庙里的巫师，说他已经受戒于法度师傅，从今以后就是佛门弟子，所以，祭祀不得杀生，庙里的供品只准用菜脯。也就是说，自打皈依佛法之后，他吃素了。

本来，吃素是梁武帝开始提倡的，这靳尚半路杀将出来，要跟皇帝抢这个专利，乍一看，似乎还有点道理。梁武帝大同元年（535）二月五日，山神靳尚再次现形：他头戴菩萨巾，身披袈裟，姿态闲雅。这次，他专程来禅堂听师傅说法。总之，从南朝开始，靳尚变成了虔诚的佛教徒。

不过，这只是一种说法。兼听则明。在明代人编的好几种类书，比如《天中记》《骈志》以及《广博物志》中，却有另外一种说法：楚大夫靳尚因为谗害屈原，受到天谴，化为蟒蛇，盘踞在栖霞山山后的洞穴里，当地人怕它，才立庙祭祀。

乾隆时代，江宁人陈毅编撰《摄山志》，说得更加活灵活现。他说，栖霞山后山某处的山岩之下，盘伏着一条大蟒蛇，大一围，长约二十丈，高冠怒目，见到人来就昂首注望，目光如电，口吐信子，啐啐有声。有一村民入山采石，猝然碰到大蟒蛇，吓得昏死过去。这个传说中的靳尚，凶神恶煞，是一副狰狞可怖的样子，大概是受佛法感化以前的形象吧。

有山神，就有山神庙。栖霞山的山神庙就是靳神庙，也叫靳尚祠，还有人叫它菩提王庙，那是因为靳尚受过菩提戒。唐宋元明清的诗歌中，时不时提到这个神祠。清人厉鹗《靳尚祠》诗云："自受度师戒，不食江鱼腥。"这是表扬靳尚改邪归正。人非圣贤，孰能无过，改了就好，可以不计前嫌。

可是，这种看法颇有人不以为然。清人杜濬诗中就说："闻道伽蓝收靳尚，世尊应不读离骚。"世尊慈悲，要普度众生，包括靳尚在内，一个也不能少。杜濬认为，有些人的坏是天性，不可能"回头是岸"。如果佛门也读《离骚》，应该不会把靳尚收列门墙吧？也许，他是太爱屈原，才不愿轻易宽恕靳尚，也许只是文人好发高论，故作酷评罢了。

靳尚祠如果还在，原可成为一处文学胜迹，哪怕像岳坟前的秦桧夫妇像，供人唾骂，可惜今天看不到了。

南京有座蛤蟆城

石头城，今日南京民间呼为"鬼脸城"。谁都知道，这是因为城墙上有一处很像一张丑陋的人脸，"没面目"，才得了"鬼脸"的称号。这张鬼脸又正好对着一口小池塘，所以，民间又有"鬼脸照镜"的说法。还有人添油加醋，说一旦此鬼出来滋事，池塘就如同一面照妖镜，能够镇鬼驱邪。石头城是古战场，兵家必争之地，两千年来，在这里做鬼的人难以计数。话是这么说，不过，"鬼脸城"应当是近代以来才有的称呼。

古时候，具体地说，在南唐时代，石头城还不叫鬼脸城，而叫蚵蚾矶。蚵蚾（读如何跛）就是癞蛤蟆，矶就是突出水边的岩石。清人王友亮《金陵杂咏》中有咏《蚵蚾矶》的两首七绝：

> 片石嵬然影碧渠，
> 可怜醉魄葬江鱼。
> 嫉才惯是齐丘事，
> 早向仙人窃化书。

胜国初年廓帝京,

此矶嵌入女墙平。

老蟆半体才轩露,

笑煞人更鬼脸名。

按照诗人的自注,蚵蚾矶就在石头城下,亦即今天民间所称的鬼脸城。按照诗人题下的自序,这首诗讲的是南唐时人汪台符的故事。汪台符的生平事迹,马令和陆游的两种《南唐书》以及《十国春秋》中都有记载,历史上确实有这么个人,不是王友亮瞎编出来的。

汪台符是徽州歙县人,直到今天,汪姓还是那里的大姓。据说他博古通今,能文善辩,有王佐之才。云从龙,风从虎。李昇建立南唐王朝之后,他来到南京,上书陈说民间利害,提了十馀条建议,怎样强国,如何富民,说得头头是道,一下子把李昇吸引住了。这引起李昇宠臣宋齐丘的忌妒。宋齐丘指使亲信,骗汪台符载酒夜游秦淮河,众人一边观赏月色,一边使劲儿劝汪台符喝酒。船到石头城下,汪台符已然烂醉。宋齐丘的爪牙把汪台符装进麻袋里,用绳子一扎,扔到河里喂鱼了。

宋齐丘字子嵩,旧史往往给他贴上一张小人的标签,一点儿也不冤枉他。有人甚至把南唐亡国的责任推到他和另外几个佞臣小人身上。据说宋齐丘本来的字叫"超回","齐丘"就是要向圣人孔丘看齐,"超回"就是要超过颜回,见贤思齐,取法乎上,这本来也无可厚非,虽然标榜齐丘、超回之类,实在太高调了。汪台符对此就看不顺眼,他讽刺宋齐丘亵渎圣贤,不知天高地厚!这使汪、宋两人的关系更加紧张。古代的名士都是有个性、有脾气的,比如恃才傲物,又比如嗜酒痛饮,等等,这本来也没什么。不过,说到汪台符的死,却未始不是名士癖性害了他。

南唐之时,石头城还紧临秦淮河,故有"矶"之称。那时的城墙表面肯定有一块比较突出,外形就像一只癞蛤蟆,所以落下了"蚵蚾矶"的俗名。明代重修这段城墙,癞蛤蟆的身子大半埋进城墙里,只有一张脸还露在外面,那丑陋的尊容就由此诞生了。

光阴如水一般流逝,往事越沉越深,埋藏到河床深处。汪台符这个鬼还时不时跳出来,撩起明清人的历史记忆。在明清人眼里,古典的蚵蚾矶已经成为名胜,这可以算作汪台符"作祟"的一个成果。明人陈沂在其《金陵世纪》已经记下这个地名。明人黄淳耀有《蚵蚾矶》诗,伤悼汪台符死于非命:

> 蚵蚾矶,水弥弥,
> 矶下醉翁呼不起。
> 曾持笺上两行书,

写出胸中万卷馀。
长揖陛前论管乐,
立谈当世比严徐。
生平奴视九华叟,
老语槎牙肯钳口。
屈原渔父两冥冥,
翻怜君醉人尽醒。
君不来兮醉亦得,
不见西山渔钓客。

诗中把汪台符比作战国名相管仲、名将乐毅,比作汉代有识之士严安、徐乐,那是高度的赞美;又把他比作屈原,是哀悼他的屈死冤魂。身后追谥,再高也没有什么用。末句中还提到一个叫作"西山渔钓客"的,这个人与汪台符同时代,名叫陈陶。据说陈陶也有王佐之才,他深知宋齐丘嫉贤妒能,遂隐居不出,得以苟全性命,终于没有成为另一个蛤蟆城下鬼。他自我保护的本领显然比汪台符高多了。

除了王友亮,清代诗人也颇有吟咏蚵蚾矶者,比如陈文述《秣陵集》中,就有《蚵蚾矶吊汪台符》。再后来,汪台符渐渐从南京历史记忆中淡出,称鬼脸城的越来越多,而提到蚵蚾矶的则越来越少了。

岩壁上的名字

每次陪朋友到栖霞山，都要带他们到千佛岩下，看一看徐铉和徐锴兄弟的题名。二徐兄弟原籍扬州，同在南唐朝廷做官，以才学著称于时，尤其专精《说文解字》。他们的题名用篆书，正是当行本色，弥足珍贵。历经风雨一千馀年，一笔一画，还能够清晰地看出来，如有神灵护佑，差不多算得上是奇迹了。

二十世纪八十年代那会儿，要到栖霞山去，交通不大方便，通常是坐公交车，但郊区路往往不好，碰到周末假日，车还挺拥挤的。山下有个火车站，记得还有人坐火车去，能在这小站停靠的都是些慢车，晃晃悠悠地开，只是车票便宜，不便多说什么。那些年时间多，凡事都慢，也不用那么着急。前些年修了栖霞大道，现在坐车或开车去，大道笔直平坦，风驰电掣，感觉距离一下子拉近了。栖霞大道新修，让我想起南唐时代也曾有过的一次新修道路，徐铉文集中有一篇《摄山栖霞寺新路记》，说的就是这件事。

去栖霞山的路一开始肯定是不好走的。宋齐之间，著名隐士明僧绍选择在这里结茅隐居，就是为了躲开都城的喧嚣。且

千佛岩上的徐铉题名

千佛岩石壁上的徐锴题名。兄弟二人的题名相隔不远。

岩壁上的名字

不说与同泰寺（今日鸡鸣寺的前身）比，就是与东郊钟山上的茅庐相比，栖霞山也更僻远，而且清静得多。

当然，在明僧绍没到这儿来以前，这山还不叫栖霞山，而是叫作摄山。摄山的清静就是因为离城远，路虽然有，应该都是小路，俗尘虽有，终是难达。打从明僧绍舍宅为寺，接下来，齐梁之间，山上掀起凿刻佛龛的热潮，王公贵族络绎于途，情况就与往时不同了。

对栖霞山，徐铉肯定情有独钟，否则不会在公事之暇，屡游此山。他在那篇《摄山栖霞寺新路记》中，提到了栖霞山那时的自然景观和人文景观："栖霞寺山水胜绝，景象瓌奇，明征君故宅在焉，江令公旧碑详矣。高宗大帝刊圣藻于贞石，纡宸翰于璇题，焕乎天光，被此幽谷。"从南齐明僧绍的故居，到陈朝江总的碑刻，再到唐高宗的《明征君碑》，天光照耀幽谷，身价陡增，不同于寻常的山林。

栖霞寺是六朝和唐代的名寺，到了五代南唐，依然闻名遐迩。不过，这座山距离都城有五十里，有些远，五代战乱，道路也多荒废了。后来被追尊为南唐义祖的徐温，起初是治理南京的杨吴朝廷的将军，最后执掌了军政大权。他专程来过栖霞山，命令有司修筑新路，以便通行。可惜，他不久就去世了，后来道路又有损坏，所以到了保大九年（951），重修道路又被提上议事日程。

保大年间可说是南唐的盛世。此前几年，南唐灭闽，这一年，南唐灭楚，地盘扩大，一副欣欣向荣、蒸蒸日上的样子。徐铉文中称颂"时安岁丰，政简民暇"，这当然是对当朝的歌功颂德，但多少还有些事实依据。当时栖霞寺里有个高僧，法号叫作道严，有心修路，方便百姓。恰好城中有个乐善好施的富人，叫作庄思惊，愿意捐钱，助成这桩好事。于是工程上马，剪除荆榛，填平沟坎，舍曲取直，开辟通衢，顺带着"建高亭于道周，跨重桥于山上，凿甘井以救喝，立石表以指迷"。路旁有了凉亭，行旅疲乏，可以就近休息。山路架了桥梁，不必涉水，就能通行。中暑了，有井水可喝；迷路了，有石碣指示方向。种种周到细致的考虑，颇为人性化。至于沿途的风景，更是"草树风烟，依然四望，峰峦台榭，肃尔前瞻"，一派怡人的田园风光。

最重要的是，新修筑的道路还有突出的政治意义："由是江乘之途，复识王畿之制矣。"可见，这不是一条普通的道路，而是一项重要的政治工程，南唐靠它争回历史面子，首都靠它确立文化地理的中心位置。徐铉碑记文曲终奏雅，强调了这一点。这篇记文当时曾刻石立碑，广而告之，可惜早已佚失，只在徐铉文集中留下一份文本。

徐铉活到七十六岁，入宋生活了多年；而徐锴只活了五十五岁，未及入宋就死了。徐氏兄弟在栖霞山有座别墅。据宋人王铚《默记》卷中记载：徐铉无子，弟弟徐锴倒是有子嗣，人称

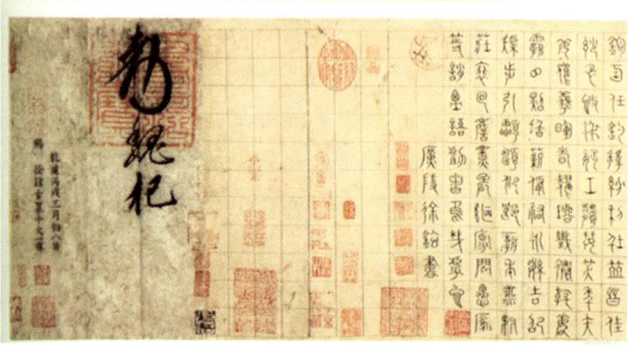

徐铉书迹

"徐十郎"。徐十郎虽是名人之后，入宋以后，却无缘承继父业当官二代，只好在栖霞山前开了一间茶肆，靠晒家传的徐铉、徐锴兄弟的诰敕，来招徕生意。王铚就专程来到栖霞山，不为喝茶，只为看一眼徐氏家传的南唐和宋初的授官诰敕。徐铉做过南唐的知制诰和中书舍人，文章功夫了得，字也好，不少诰敕出自他的手笔，很有看头。其实，栖霞山遍地清泉，水多，质好，茶叶也有名，徐十郎在这里开茶肆，是很不错的选择。遗憾的是，很多茶客来此别有所图，买椟还珠了。

明代中期，南京人陈沂在《金陵世纪》中说，徐铉的故宅在栖霞寺西亭子桥附近，大概就在今天的"彩虹明镜"景点一带。也许徐十郎开茶馆所用的，就是伯伯当年的房子。既然徐铉无子，他和弟弟徐锴的房产，连同诰敕等物，就一并传给了徐十郎。到宋初，诰敕已变成奇货可居的文物，许多好古博雅之士皆以结一眼缘为幸，王铚就是其中一位。当日光顾徐十郎茶肆的客人中，"醉翁之意不在酒"者，恐怕不少吧。

古墓派衣冠冢分舵

明清时代的读书人,一旦考中进士,春风得意,大多会做四件事:取一个号,刻一部稿,坐一抬轿,娶一房小。当然,这说的是太平盛世。屈大均生不逢时,空有满腹经纶,锦绣辞章,却无缘得中进士,但说到取号、刻稿、坐轿、娶小,却一样也没有少。

这不是重点。今天的重点,是广东人屈大均在南京曾经有过衣冠冢。

屈大均是明末清初"岭南三大家"之一,生于崇祯三年,也就是1630年。1644年,他才十五岁,没来得及参加进士考试,大明王朝就灭亡了。这场沧桑巨变之后,年轻的屈大均毅然投身抗清的队伍。兵败之后,他出家为僧,避地以居。在这种情况下,能够自保就算不错了,至于考科举、中进士,那显然跟他没有什么关系了。

从二十三岁起,屈大均开始远游,漂泊江湖,结交天下名流。其间,他多次到过南京,离开南京,又回到南京,与南京的名僧高士结缘甚多。他曾拜天界寺高僧觉浪道盛为师。特别值得一提的是1659年，郑成功率舟师溯江而上，攻打南京，屈大均曾参与其事。很显然，他的远游不是单纯的游山玩水，放浪形骸，而是别有怀抱，另有隐衷。

屈大均诗中写到很多南京胜迹，有莫愁湖、白鹭洲、徐达旧邸（瞻园）、文德桥、武定桥等。他也写过《金陵曲送客返金陵》十首，集中写夫子庙一带的盛景。他特别怀念当年南京"花月春风十四楼"的盛况，对于他来说，这意味

屈大均（1630—1696）

着明王朝的盛世。他念念不忘明王朝，那是他的故国。他遥望明孝陵，踏访明故宫，他所刻的书稿中，凡是称呼前朝的地方，都"空抬一字"，以示崇敬。

这不是书写的格式，这是政治的仪式。

康熙十九年（1680）春天，避地南京的屈大均来到雨花台，瞻仰方孝孺祠，登上木末亭，不禁百感交集：

木末亭临万井中，

遥遥正对孝陵宫。

九原未肯成黄土,
十族犹然吐白虹。
自古以来无此死,
教人不忍作愚忠。
雨花台畔啼鹃满,
血染蘼芜一片红。

那时的南京城没有什么高楼,从木末亭北望,天气晴好时,或许真能看见明孝陵,但诗中说木末亭"遥遥正对孝陵宫","正对"云云,应该是情感的视角,而不是地理方位的描述。时局如此,缺少的是方孝孺这样的"愚忠"之臣。朱元璋地下有知,亦当化鹃啼血。

对屈大均来说,雨花台是一个有特殊意义的地方:木末亭可以登高望远,方孝孺祠可以抚今追昔。他在雨花台之北、木末亭之南筑了一个衣冠冢,自题为"南海屈大均衣冠之冢"。此举意图明显,意在表达他对忠臣的效仿,对故国的依恋。他既不自称"处士",也不自号"遗民",而只自称"南海屈大均","盖欲俟时而出,以行先圣人之道,不欲终其身于草野,为天下之所不至也"。其实,他心里明白,这样的机会太渺茫了。

所以,他自作墓志铭云:

衣冠之身，与天地而成尘。

衣冠之心，与日月而长新。

他大概也不会料到，直到他身后百馀年，这个衣冠冢仍然会给他惹麻烦，招来清廷的残酷打击。

乾隆皇帝即位之后，加强了对江南尤其是明故都南京的政治控制和文化钳制。他听说南京雨花台有屈大均衣冠冢，就下令两江总督高晋严查、刨毁。高晋领命之后，派出手下，以采集碑版为名，踏勘山林坡谷，又透过乡绅打探消息，最终把雨花台附近地面翻了个底朝天，也没有找到衣冠冢。其时距筑冢已一百多年，很可能这个衣冠冢早已被毁，湮灭无闻了。

南京的名胜古迹，尤多冢墓，占的都是好山好水，俨然凑成一个"古墓派"。衣冠冢是"古墓派"派生出来的分舵。城北玄武湖畔的郭公墩，据说是东晋郭璞的衣冠冢。城西凤凰台上，号称有阮籍的衣冠冢。城南的雨花台畔，又有屈大均的衣冠冢。这三位墓主都是有故事的人，以他们戏剧化的人生，增添了"古墓"文化的内涵。

今天，知道这几座衣冠冢的人已经不多，知道屈大均衣冠冢的人就更少了。

南京先贤祠

南京先贤祠起于何时,不太容易确定。如果只论其见于正式的南京方志记载,或许应该从《景定建康志》算起。《景定建康志》是南宋后期的书,关于南京先贤祠的记载,至少在南宋就有了。

南宋时代的那座先贤祠建于开庆元年(1259),主事者是那时南京地区最高军政长官马光祖。他的身份是沿江制置使、江东安抚使、知建康府。祠在青溪之上,府学之东,明道书院之西。它的大约位置,应该是在今日夫子庙大成殿东边,靠近青溪的地方。

先贤祠中祭祀历代先贤,人选与数量一直变动不居。《景定建康志》中列有四十一位,各有赞词。先秦的有两位,一位是周初开辟江南的吴泰伯(太伯)。《儒林外史》中写到当时南京文人组织了一个盛大的祭祀先贤活动,主要就是祭祀吴泰伯。美国哥伦比亚大学商伟教授在其专著《〈儒林外史〉与十八世纪的文化转折》中,还着重谈到这次活动。另一位是大名鼎鼎的越国名相范蠡,南京最早的城池——越城,据说就是他筑的。汉

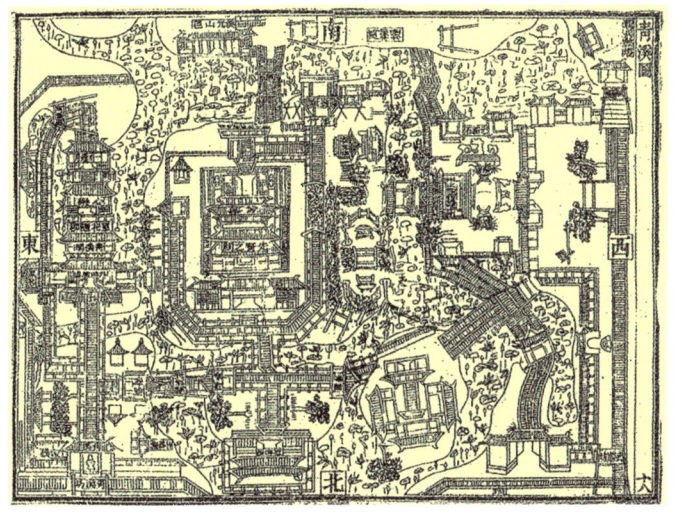

《景定建康志》中有《青溪图》,据此可以找到南京先贤祠的位置。注意此图是左东右西,上南下北。

南京先贤祠

代只有一位严光，他与南京的关系实际上并不那么大。

从三国开始，南京开始走上政治舞台的中心，在历史聚光灯的照射下，更多名贤闪亮登场。先贤祠中列有东吴名臣张昭、周瑜、是仪和蜀国的诸葛亮。东吴名臣多，是理所当然的，但名单中居然没有孙权，出人意料。再仔细看，六朝南唐诸位帝王也都不在其列，就可以明白，孙权等人贵为国主，不便与为他们"打工"的名臣等人"排排坐"，共吃冷猪肉，否则不成体统。蜀国丞相诸葛亮，很有可能根本没有到过南京，但民间都相信，"钟山龙盘，石城虎踞"的权威认证是由他带头做出的。就凭这两句话，他就不愧是南京城市形象的头号宣传大使，先贤祠中自然不能落下他。

东晋南渡，来到南京的衣冠士族中，孝子典型王祥、浪子回头金不换的榜样周处、名相王导、名臣陶侃、忠臣卞壶，以及高卧东山的名士谢安、淝水之战的功臣谢玄、大书法家王羲之、"酌贪泉而觉爽"的廉政标兵吴隐之，都被抬到先贤祠中供起来了。紧跟在南朝刘宋的学者雷次宗、萧齐儒者刘瓛、梁代山中宰相陶弘景之后，昭明太子萧统也进来了，他的身份明显与众不同。

入祠的唐代先贤人数很少，只有三位。一位是大诗仙李白，他写过好多关于南京的诗，脍炙人口的，就有《登金陵凤凰台》《金陵酒肆留别》。一位是名臣兼大书法家颜真卿，他在南京任升州太守时,在乌龙潭放生。乌龙潭宋代就有颜鲁公祠,至今犹在,虽然是晚近再建的。再有一位是中唐诗人孟郊,他在南京郊区的溧水担任过县令。

南唐先贤也不多,只有李建勋和潘佑。相比之下,宋代名贤数量可观,各种身份的都有,有大将名相,如曹彬、张浚、张咏、范纯仁、虞允文;也有清官忠臣,如包拯、郑侠、杨邦乂、吴柔胜等;还有理学大家,如程颢、杨时、朱熹、张栻、真德秀等。朱熹既非生于或卒于南京,也未居于或仕于南京,却堂皇地列在先贤祠中,实在有点勉强,但他名声太响,"客大压店",可以特事特办,不宜援以为例。

李白饮酒图

时间越长,先贤祠的贤人也越来越多。列哪些人,不列哪些人,大有讲究,这不仅是历史学和文化学的问题,也是政治学问题。开庆年间建先贤祠,据说事先安排了四十二个牌位,最后一个牌位,是留给马光祖的祖父马之纯的。马之纯号野亭,曾在南京工作过,职务是江南东路转运司主管文字,还写过《金陵百咏》。把他列入先贤祠,也不无理由。但马光祖要避内举之嫌，没有答应。属下这么提名，可能不无私情；马光祖这么回应，自是出于公义，还可能有其政治上的考虑。今天翻开《景定建康志》，可以读到很多马之纯的诗，恐怕也与马光祖有关。

出于政治理由要求增减先贤名单是常有的事，当然也可以找别的理由。比如，以文学为标准，一向被人称为"王江宁"的盛唐诗人王昌龄，就有资格进入先贤祠。明代万历年间，本地学者焦竑等人提议，先贤祠中要增加宋代的苏轼，也是出于文学考虑。同治时代，本地乡绅提出，要把前任两江总督陆建瀛的名字从先贤祠中除掉，说太平军攻城时，他守土有责却临阵脱逃，造成城池之殃。这又是一套政治理由。

南宋先贤祠年久失修，到了明代万历中，大学士李廷机、叶向高、修撰焦竑等人商议重修，移建于普德寺后山，祠中所祀名贤，也增加到五十四人。清人汤濂《金陵百咏》中有一首专咏先贤祠，诗曰：

> 诸贤何巍巍，
> 太伯安可仰。
> 青溪与梅冈，
> 山水发清响。

梅冈指普德寺后山,在雨花台西边,所谓"青溪与梅冈",说的就是先贤祠先在青溪,后来才迁到这里。可惜现在都无踪迹了。

戴镣铐的燕子

南京很多山,都是因其形状而得名。鸡笼山形似鸡笼,覆舟山形似一条倾覆在湖边的小舟,钟山如一口倒扣的钟,栖霞山本名伞山,也是因为形似一把撑开的伞。古人朴质,如此命名山水,得其所宜。燕子矶之得名,也是因其形似燕子,飘然欲飞。

燕子与南京有特殊的因缘,"旧时王谢堂前燕,飞入寻常百姓家"。王谢子弟住在乌衣巷,燕子羽毛乌黑,有如身披乌衣,不免被附会成乌衣巷王谢子弟的化身。有一段传奇故事甚至说,在烟波浩渺的远方,在茫茫沧海之中,有一个乌衣国,那就是燕子的国度。辗转牵连,燕子矶也与乌衣扯上了关系。清代南京诗人王友亮《金陵杂咏》中有一首诗咏燕子矶:"出郭寻诸洞,临江见此矶。势如排白浪,名却挂乌衣。石磴穿花小,风飐(帆)隐树稀。银铛今解脱,应许拂云飞。"燕子矶临江排浪,挣脱银铛,拂云欲飞,似乎要飞向乌衣国去。

乌衣国是乌托邦,自然没有人当真,而燕子矶作势欲飞,却着实让一些人着急上火,睡不好觉。这些人中最有名的,是

燕子矶御碑亭

燕子矶石刻。这首诗中说,"分明形胜锁王畿",除了锁住自己的翅膀,王畿也能锁得住吗?

明太祖朱元璋。明初定都南京，朱元璋及其身边的谋士发起一场舆论宣传攻势，鼓吹金陵王气葱茏，实为帝王之宅。诗人高启也很卖力，他在《登金陵雨花台望大江》中说："江山相雄不相让，形胜争夸天下壮。秦皇空此瘗黄金，佳气葱葱至今王。"这样看，明初人对金陵形胜是充满信心的。但具体到燕子矶这个形胜，明初人却将其看成"异己分子"，很是放心不下。有风水家向朱元璋进言，钟山龙盘，石城虎踞，燕子矶与之地脉相连，也藏有王气。可是，燕子矶矶势外向，没有拱卫皇都之势，暗藏不臣之心，应该警惕。生性多疑的朱元璋听罢此言，遂下令凿削燕子矶山趾，并以大铁锁环绕山脚，使这只桀骜不驯的燕子飞不起来。

可能明初某个时候，为了整治航道，减缓急流，确实削去燕子矶一角。也可能矶上筑阁修寺时，出于安全考虑，必须以铁锁维系。不过，在传说中，这些都变味了，虽然它编得很传神，很能体现朱元璋的性格，也很善于化用南京的历史文化资源。以铁锁拦江，指望阻挡东下的敌军，巩固岌岌乎殆的江山，这种拙劣的"智慧"，早见于一千多年前的东吴末年，结果招来"千寻铁锁沉江底，一片降幡出石头"的讥笑。

南朝宋齐易代之际，齐高帝萧道成祖茔之上，常有五色云气蒸腾而上，据说那就是传说中的王气。宋明帝极为忌惮，先派风水师专程前往占视，后来又干脆派人用长五六尺的大铁钉，钉在墓地四周，镇压王气。这是见于正史《南齐书·祥瑞志》的，不由得人不信以为真。铁钉当然不是铁锁，但是，二者心意相同。说白了，这是古都南京众多政治神话传说中的一个，都邑地理学被无孔不入的政治渗透了。

燕子矶遭此大刑"伺候"，幸，亦不幸。幸与不幸，一剑双刃，须臾不可分离。此矶位于南京北部长江南岸，扼守东西向进出南京的水路门户，风涛撼石，地势险峻。东来西往的行客，常以此为送别宴集之地，遇上风涛而泊舟歇息于此者，也比比皆是。明清两代，文人学士赋咏此地的作品早已蔚为大观，有好事者专门编撰刊行，名为《燕子矶集》。康熙十九

燕子矶，康乾二帝都来过此地。明朝的燕子，终于飞栖于清朝的屋檐之下。

年，屈大均登临燕子矶，重提燕子矶旧话，并且借古讽今："国初占，有外潘不臣，尝以铁绠维系之。"清廷原是明朝外藩，此时早已入主中原，反客为主。燕子矶虽然上锁，终究飞离故家，栖于别人屋梁之下。"铁绠难回燕子飞"，明初人的那段谶言终于应验，大局不可挽回，这让遗民诗人情何以堪。

江山一统，天下太平，圣天子康熙南巡，也曾泊舟燕子矶，夜游之后，他留下《月夜登燕子矶》一诗："石势疑飞动，江涛足下看。天空来皎月，风定敛奔湍。绿树灯光乱，苍厓夏夜寒。经过睹形胜，往往驻鸣銮。"与屈大均不同的是，他丝毫没有重提锁矶之事。时移世异，无此必要了。随着清政权日益巩固，燕子矶锒铛上锁的形象，如涨潮的沙痕，渐渐淡出历史屏幕，也渐渐退出历史记忆。

俱往矣！
钟阜巍峨，高山仰止。
江天寥阔，新燕远飞。

燕子矶水神

你说什么？燕子矶有水神？

没错。

你大概猜不到，这位水神居然是清朝乾隆时代的名臣裘曰（注意是胖胖的"曰"，不是瘦身的"日"）修。裘先生怎么成了燕子矶的水神，说来话长，且听在下道来。

裘曰修是江西南昌新建人，他的老家离南京并不近，但他跟南京似乎特别有缘分。第一个缘分，也是最重要的，他的母亲王氏是南京人，家在江宁秣陵关，据说是当时的一位刺绣高手。从母亲那里，裘曰修自小就了解到有关南京历史名胜的一些知识。后来，他在南北各地做官，也曾经典试江南，到过南京。从他的诗集来看，他至少到过浦口和栖霞山，并留下了诗作。他自己说过，"我生爱水兼爱山"，燕子矶那么有名的一处胜迹，他肯定到过。

乾隆四年（1739），裘曰修高中二甲第七名进士，那一年，他才二十八岁，这么年轻就有这样的名次，自是出手不凡。若论文学史上的知名度，他的同年中有两位名气更大，在这两位

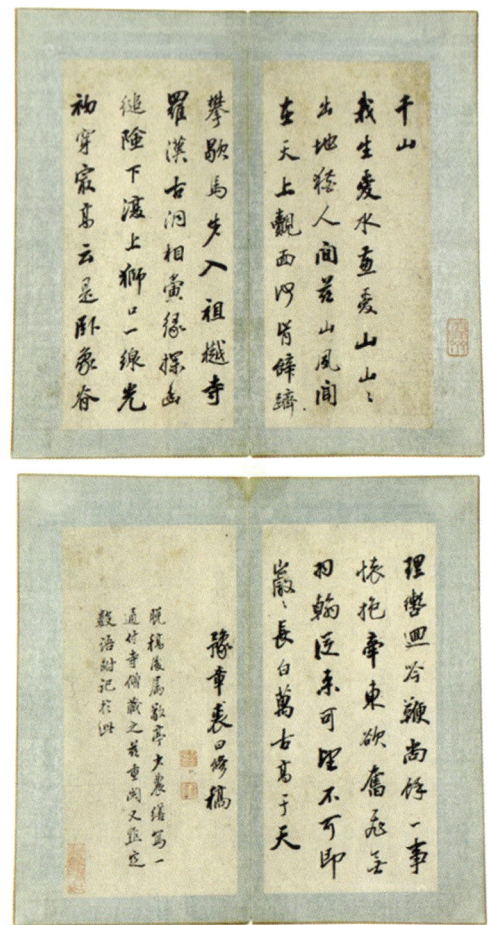

袁曰修诗稿。这里的亮点是第一句："我生爱水兼爱山"。

面前他就难免相形见绌了。一位是二甲第五名的袁枚,年方二十四岁,钱塘才子,后来长住南京;另一位是江苏苏州的沈德潜,二甲第八名,已经六十七岁,照今日的规定,早已过了退休年龄。这两位一少一老,一前一后,夹持着裘曰修,真是"有缘千里来相会"。

裘曰修与袁枚都是青年才俊,春风得意,中进士之后,同样选为翰林院庶吉士,不免惺惺相惜,往来更多。金榜题名不久,袁枚就回家娶妻成亲,再后来因为满文考试不及格,外放南京郊县溧水当县令,裘曰修都曾赋诗送别。这两首诗现在还保留在裘氏的诗集中。这是裘曰修与南京的第二重机缘。

踏上仕途之后,裘曰修做过几任主考官,选拔过不少人才,后来名气最大的一位,要算纪昀,就是银屏上大名鼎鼎的那位纪晓岚。所以,裘曰修算是纪昀的座师。巧得很,这一对师生身后的谥号一样,都是"文达",清代笔记中,常称二位为裘文达和纪文达。这也是缘分。

这一对师生还有个共同的业馀爱好,都喜欢谈神说鬼论怪。纪昀《阅微草堂笔记》中有好多段故事的素材,就是从他这位座师那里听来的。袁枚也喜欢这一类的故事。"子不语怪力乱神",所以,这三位都不算正统的孔门信徒。裘曰修和袁枚在翰林院的投缘,或许还有这一层因素吧。

裘曰修好谈神怪,不是一时心血来潮,而是终生不变的兴趣。乾隆三十八年（1773），他刚刚被委任为《四库全书》馆总裁不久，还没来得及与得意门生纪昀一起大展身手，就因病去世了，终年六十二岁。他去世的那天，正当五月初一，我不知道，这个日子有什么特殊的意义。弥留时，他没有交代家事，没有嘱托亲友其他要事，却对身边的人说："我走了，我要去当燕子矶的水神了。"

搁在别人身上，这事绝对匪夷所思，发生在裘曰修身上，似乎还蛮顺理成章的。

这事后来越传越玄乎。好几十年以后，南京本地学者、同时也以风水著名的专家甘熙还信以为真。他在《白下琐言》中明确说，燕子矶水神相传为裘文达公，也就是裘曰修。据说裘家人行船经过此地，一本正经地拜祝道："您如果真是燕子矶水神，就保佑我们一路顺风。"果然东风大作，他们挂帆而去，航程非常顺利。

与裘曰修差不多同时代的无锡诗人顾光旭曾写过一首诗，专门讲这件事：

>炉香烛影晓犹红，
>稽首陈情语未终。
>试看灵旗微飐处，
>春江已借一帆风。

燕子矶的险要，会给行船带来困难。

可见此事传闻很广。同时代另一位著名学者王昶在《湖海诗传》中，也记录了这件事。异代同辞，异口同声，自非偶然。先有家人出来作证，继有诗人作诗歌咏，再有学者严肃确认，这事越发显得真实无疑，墨迹越描越深，想擦也擦不掉了。

我感到好奇的是，裘文达公为什么这么说，是他临终前的幻觉，还是他一贯的幽默？幻觉也好，幽默也好，他为什么偏偏看上燕子矶？

从江西南昌进京，先要顺江东下，过南京，难免要经过燕子矶，不时碰到风兴浪作，确实给行人增添了不少麻烦。裘曰修与他的家人大概也在这里遇上过风涛吧。谁不愿意顺风顺水，旅行平安呢？裘先生临终，无非代替芸芸众生，表达了最日常不过的愿望而已。

上一段说的是人情,这一段再说说物理。裘曰修不仅是一位文人,还是长期奋战于水利战线上的治河能手。这个水利行家,曾经写过《治河论》《治河策》和《治淮论》等论文。难道是因为他治河有功,积累了不少经验,所以想贾其馀勇,再管治一方江涛不成?当年,他跟纪昀谈神说鬼的时候,曾经评论过做神鬼的境界,以为使人畏我,不如使人敬我。作为燕子矶水神,他足以让人肃然起敬。说得到,做得到,真不容易。

浩浩长江,每一段都有每一段的神鬼,各司其职。这类职务,应该不是终身制的吧。燕子矶的水神裘曰修,后来不太听到人们提起,也许他是升迁到别处去了。

饭头、园头及古林寺的传说

从前有两个人,一个名叫饭头,另一个名叫园头。您猜,他们是干什么的?

小孩子?

不对。

江湖好汉?菜园子张青的同伙?

也不对。

乞丐?洪七公的部下?

还是不对。

告诉您吧,他们是古林寺的和尚,两个传奇的僧人。

从前有座山,山里有座寺——古林寺。寺在南京城西,在今天赫赫有名的城西干道——虎踞北路一带。昨"寺"今非,现在变成古林公园了。前些年,我经常经过公园门口,一边欣赏林散之先生题写的"古林公园"四个大字,一边遥想着清代古林寺的模样。颓垣难觅,片瓦不留,一点想象的依托也没有,只有一片模糊的影子。于是,只好在脑中翻来覆去地咀嚼两段古林寺僧人的故事。

"古林公园"四个大字,出自林散之先生之手,雅韵悠然。

康熙年间,古林寺有两个僧人,他们的来历没有人说得清。叫什么名字,从哪里来的,多大岁数了,都说不清楚。这才是彻底的无名,我想,真正的出家人应该如是。无名,于己,能得大解脱,甚好;然于他人之辨识、于社会之设定、于历史之叙事,终究有所不便。于是,常住古林寺里、负责收饭的那位,我们姑且叫他饭头;常住古林寺里、负责种菜的那位,姑且就叫他园头。

饭头和园头都是本分人,不知道为什么,寺里的其他僧人不愿意多理会他们。他们两位却相处得不错。某日,饭头做完收饭的活儿,沐浴更衣,趺坐而逝。饭头化去得太快,没有时间准备,等不及唤上园头。他只能拜托邻舍僧人,麻烦他们告知园头一声。园头正在锄菜园子,听到消息,却很淡定,问清饭头才去不久,说道:"我还来得及赶上饭头兄弟。"说罢,他扔下手中的锄头,就地坐化了。

阿弥陀佛!善哉善哉!

据说这是康熙年间的事。看样子,古林寺在那个时候挺受人重视,否则不会产生这样传奇的历史叙事。一日不作,一日不食,朴素的寺院生活合当如此。饭头和园头,正是代表寺院日常生活的符号,朴素中的传奇,最为动人。无独有偶。关于此时的此寺,还有一段更传奇的故事。

康熙二十三年(1684),古林寺失火,庙宇焚毁殆尽。事后人们发现,寺中一位法号道兴的僧人忽然失踪了。如果拍成电影,这时应该有一个镜头切换:几千里之外,粤东某处深山大谷中,忽有火光大起,当地人惊奇地发现,一位不知来历的僧人趺坐其中。问其所从来,才知道就是道兴。

原来,道兴看中此地树大林深,盛产木材,专程来此募集重建古林寺的木料。众人为之感动,任其伐取,旬日之后,木料大备。忽来一阵大雨如注,汇成山间阵阵洪流。那一根根木材仿佛听到号令,自动随着大水辗转漂流,由小溪到大江,由长江再转入夹江,到达上新河码头,最终抵达古林寺。

阿弥陀佛!善哉善哉!佛法僧愿,神明无比。

以上二事,在《同治上江两县志》中记录在案。这本志书修撰于同治十三年（1874），距离康熙二十三年（1684）将近二百年，时光的里程苍茫而迢遥。回首传奇的历史，跂望迷蒙的明天，身处洪杨之乱后百废待兴的南京城，急切期盼中兴的江宁百姓，是多么希望有这样的神明相助啊！

乌龙潭的"及时雨"

北宋梁山泊好汉第一号,是人称"山东及时雨"的宋江宋公明。南京城西也有一个小水泊,叫作乌龙潭,晚清时候出了一位自称"及时雨"的薛慰农。

因缘凑巧,晚清那几十年,乌龙潭周边山水忽然又热闹起来,成了文人学士聚集之地。惜阴书院、魏源故居"小卷阿"和薛时雨故居"薛庐"都在这里。近代中国开眼看世界,魏源得风气之先,声望不低,知道他名字的人也多,"小卷阿"也因此得以保存至今。说到薛时雨,能够讲清楚他身世来历的人,恐怕就寥寥无几了,薛庐终究未能免于拆毁。人事沧桑,世运浮沉,不如意事十常八九,不说也罢。

其实,薛时雨是名符其实的晚清名人。他字慰农,号澍生,晚年号桑根老人,不管是名字,还是别号,都是乡土气十足,透着农业时代特有的那份朴素。英国汉学名家翟理斯曾经编选过一部中国诗选本,篇幅不大,有诗作入选并不容易,这里面居然见到了薛时雨的名字。比较下来,他是这部诗选中年代最为晚近的人。对翟理斯来说,薛时雨就是当代人,他的诗就是当

乌龙潭公园的《薛庐课徒》浮雕,用意不错,可惜上面的"薛时雨印"显得不伦不类。

代诗。以当代人而跻身于这样一部诗选,虽不能说鲤跃龙门,却摆明已经"冲出亚洲,走向世界"了。仅从蜚声国际这一点,也可以看出他在当时文坛的地位。可惜的是,现在讲晚清文学也好,讲南京文化也好,都不怎么见人提到他的名字,可为一叹。最近乌龙潭北岸竖起一组浮雕先贤像,里面有薛时雨的形象,不能不让人兴起"久违了"的感慨。

薛时雨的故居,人称"薛庐",就在乌龙潭南侧,背靠清凉山,远枕石头城,面对一潭清水,传说是当年诸葛亮饮过马的地方。他曾经在杭州做过官,也在杭州主持过书院,晚年到南京主持书院，作育人物，借用杜甫的诗句，正是"好雨知时节"，"润物细无声"。

就山水美景而言，乌龙潭自然不能与西湖相提并论，曾经沧海的薛时雨在门前自题"何必西湖"，随遇而安，足见其胸襟的开阔，性情的旷达。想象老人家在乌龙潭边散步吟诗的情景，我就不由想起贾岛的诗句："独行潭底影，数息树边身。"这里水清林翠，一如古诗所写，但没有任何证据表明薛先生是一位苦吟诗人，贾岛诗中的情景，跟他其实一点也不相干。实际上，我要表达的意思是：乌龙潭是一处诗意的所在。

薛时雨是安徽人，却与南京结缘甚深。他是明清以来流寓南京的众多名贤之一。原籍安徽全椒而终老于江苏南京，就这一点而论，他与同乡前辈吴敬梓可谓不谋而合，虽然彼此之间穷达不同，但都保持了儒士的本色，岁月倥偬，不变的是对南京的深挚爱情。同治年间，他曾出力刊刻吴敬梓的《儒林外史》，就是出于这种乡情。在内心深处，他和吴敬梓对于南京这座六朝古都都是非常认同的吧。

爱全椒，也爱杭州，更爱南京；爱讲学，也爱诗歌，更爱对联；这就是薛时雨。他为南京名胜撰写了很多对联。如果仔细体会，就会读出其中浓郁的"六朝"味。比如他题清凉山扫叶楼的对联："一径风声飘落叶，六朝山色拥重楼。"如此说来，在清凉山脚下的薛庐，也该是笼罩在"六朝山色"里吧。他题朴园

薛时雨书法

水流云在堂的对联是:"鱼鸟清闲,作濠濮间想;竹石奇古,如魏晋时人。"上联用典出自《世说新语》,是最著名的六朝经典。他为淮清桥题写的对联:"都是主人,且领略六朝烟雨;暂留过客,莫辜负九曲风光。""六朝烟雨"是熟典,有时间的跨度,"(清溪)九曲风光"是空间的跨度,正是佳偶天成。

既是主人,又是客人,这种感觉,也许是寄寓南京的他所独有的吧。最典型的是他为自家的薛庐所题对联:"白下富莺花,旁人错比谢安石;青山狎猿鸟,此地曾栖雷仲伦。"高卧东山的东晋名士谢安石,与亦隐亦学的刘宋学者雷次宗,都是六朝风流儒雅的代表。从这副对联中,可以看出薛时雨的自我期许和定位。

薛时雨擅长作长联。他是进士出身,又曾是当年安徽乡试第一名,八股文功夫不浅,平平仄仄,做几副长联,那是小菜一碟。下面这一副对联题写在秦淮杨氏停艇听笛水阁之上,虽然不是最长的,但却最有六朝韵味,加上词采雅丽,东西南北四方齐全,一个不少,又嵌入一六九十这四个数字,颇见工巧,值得抄在这里,奇文共欣赏:

> 六朝金粉,十里笙歌,裙屐昔年游,最难忘北海豪情西园雅集;
> 九曲清波,一帘风月,楼台依旧好,且消受东山丝竹南部烟花。

细柳巷的故事

细柳巷在南京白下区,南起马府街,北至常府街,并不太长。据说明代那会儿,这个地方曾经是兵营,驻过军。汉代周亚夫驻军细柳,传为佳话,好古的人遂给这个军营起了一雅号,就叫细柳营。改朝换代,时过境迁,兵走了,营也没有了,只留下一条空巷,叫作细柳巷。

清代中叶,这条巷子里住过一位医生,本地籍贯,名叫吴葆恬。有一天,吴医生正在门口闲眺,一只脚翘在门外,悠然自得。没想到,他的脚绊倒了一个过路阴魂,横祸飞来。被绊倒的是个明代女鬼。她本来是明末大家门户出身,因为战乱,不幸堕落烟花队中,悒郁愤恨,最终投水而死。女鬼郁积多年的冤愤之气,正没处发泄,被医生绊了一跤,满腔怒气全都上来了。话说女鬼报复自有特点,虽然"声音袅娜,举动娉婷",却有超强的纠缠劲儿,不依不饶,附体作乱,吴医生百计禳解,却毫无效果。

这事儿一闹就是几十天,到最后,女鬼大概也倦了,才有一点松口。她对吴医生说:"听说你与管同先生关系不错。管先生文章做得好，只要你求管先生替我作一篇传记，我马上就放过你。"吴医生没办法，只好答应。无奈管先生坚决不答应，说自己生平不为妓女辈作传。吴医生请不动，那女鬼也不退让，一直作祟。

鬼病还得鬼医医。后来，吴医生听说有一个徽州籍的医生，擅长以针刺鬼，就向这位鬼医求助。鬼医对准吴先生右手上的鬼窠少商穴扎针，鬼疼得嘶嘶作声，才扎两针，就逃得没影了。吴医生这才重新过上正常的生活。

这个故事见于清人姚元之《竹叶亭杂记》卷五。姚元之是安徽桐城人，跟这段故事中提到的管同同时。管同，字异之，南京人，嘉庆时举孝廉，他与另一位南京人梅曾亮一起，被称为桐城派后期的重要作家。管同师事姚鼐，姚鼐既是姚元之的同乡，又是本家，所以，姚元之记述这段事时，特别强调管同是桐城姚鼐的弟子，而且，最后祛鬼有方、救了吴先生的也是徽州人。言下之意，无论作为桐城人，还是作为安徽人，这两位同乡都令他倍儿有面子。反过来，南京文人管同却有些扭捏，过分拘泥，不知变通。管同不肯为妓女作传，固然有他的原则，但这个妓女不同于一般的烟花女子，她遭逢乱世，身世堪怜，守贞而死，其义可嘉，乞人作传，其情可悯，完全应该破例为其作传。说完故事，姚元之曲终奏雅，表达了对管同的婉讽。

细柳巷离夫子庙不远，可以算是夫子庙的外围。这女鬼在这附近出没，大约因为她生前就居住于此。她指名道姓，要求管同为其作传，证明管同文章闻名遐迩，声震幽明，响彻两界。细柳巷的吴医生，只是烘托、见证管同文名的托儿罢了。至于这事是否真的发生过，管同是否平生不为妓女作传，都不大重要。

明清两代，与夫子庙贡院遥遥相对、只有一河之隔的旧院，是妓女丛居之地，可八的人和事很多。这只是其中一段而已。

雨花石的旧名

散落于山野之间的大大小小、形形色色的石头，被文人当作珍奇之物，似乎是从宋代开始的。北宋大文豪苏轼就很有这一方面的雅兴，即使在贬谪黄州那样的艰难岁月里，他也一样搜集奇石赏玩。在《东坡志林》中，他曾经谈到过那种愉快的经历。中国历史上第一部论石专著——杜绾《云林石谱》，也是在宋代出现的。雨花石最早见于文献记载，就是在这本书中。只不过当时还不叫雨花石，而是叫"六合石"或者"螺子石"。

据《云林石谱》说，六合当地的水中或沙土中，盛产玛瑙石，颇为细碎，花色多样。"有绝大而纯白者，五色纹如刷丝，甚温润莹彻。土人择纹采斑斓点处，就巧碾成物像。"因为其最重要的产地是在六合灵岩，所以也叫"灵岩石"。六合在江北，今天是南京所辖城区之一，在宋代却是属于真州（今仪征），并不在当时的南京升州府的管辖范围之内。

也有江宁本地出产的，叫作"螺子石"："江宁府江水中有碎石，谓之螺子，凡有五色，大抵全如六合县灵岩及它处所产玛瑙无异，纹理萦绕石面，望之透明，温润可喜。"刷丝纹和螺子纹,是雨花石最典型的两种纹理,至今犹然。

宋代文人这种清玩雅兴,到了明代就发展出更多的花样。明代人也还不兴叫"雨花石",而叫作"聚宝奇石"。周晖《金陵琐事》中就用这个名称。较之宋代的"六合石",这一名称更接近于雨花石。聚宝,就是聚宝山。明代人所说的聚宝山,就是指今天的雨花台。

明代人顾起元在《客座赘语》中记载,那时的南京城里,已经有不少人热衷于搜集奇石。遇有佳品,自己赏玩之外,也会得意地把示友好。有人搜到一块大石,上面俨然是一尊观音趺坐像,形貌完整,衣服线条分明。还有人珍藏了几百颗奇石,有的五彩缤纷,有的黑质素文,有的上面有北斗七星图案,有的是山水草木,有的是桃丝竹根,琳琅满目,大自然的鬼斧神工,远超画匠之笔,令人叹为观止。于是,文人以之入诗,画家以之入画,好事者为之作谱,商贩沿街兜售,各路好事者推波助澜,山野粗粝之物,摇身一变,成了文人精致、风雅、趣味的象征。

今天到南京来玩的游客,很多人都要买一点雨花石带回去,不能入宝山而空回,好像只有这样,才算不虚此行。晶莹剔透的石子,泡在水里,更显得可爱。有些未名的奇石,一旦有了好的品题,或者好的命名,便如画龙点睛,精神顿出,前一刻还黯淡无奇的石子,一下子便有了光芒,生机勃勃,气韵蒸腾。在夫子庙、雨花台等景点,卖雨花石的摊子太多了。有好石,奇货

南京雨花石

可居,按个论价,往往价格不菲。也有贱价凡品,常见的是用手抓,一抓多少钱,巴掌大的人,到这个场合就派上用场了。

一般人不大会去考究,顾名思义,以为雨花石就是出自雨花台。1980年代初,我第一次来南京,也有闲情在雨花台的山坡上,低头寻觅像样的雨花石,以为此地找到的才算正宗。后来听本地人讲,才知道不是这么回事。摊子上卖的雨花石,基本上都是从六合或其他地方淘来的。从《云林石谱》来看,六合石其实可以算是正宗。到了今天,六合的资源也不够用,有时要从更远的地方寻觅资源。为了有好的卖相,很多都已做过加工,不免减损天然之趣。

有一首歌唱得好:"我是一颗小小的石头,深深地埋在泥土之中。千年以后繁华落幕,我还在风雨之中为你等候。"遥想宋明人的赏石风雅,手里一颗细小的石子,也有了历史的沉甸感。

栖霞山：枫叶为什么那样红？

南京人常说"春游牛首，秋游栖霞"。游牛首是踏青，游栖霞是为了赏红叶。每年深秋，栖霞山就拥满了人，不看青山，不看白云，也不看一江碧水，更不看古寺黄墙，只为了看红叶。

为了满足人们的这一爱好，近几十年，山上种植了很多枫树，霜降一过，漫山遍野的枫叶，便如火一般燃红了山坡，爱煞人也。

栖霞赏红叶这个习俗始于何时，不大见人说过。闲来好事，翻了一些古书旧籍，找到一些材料。据我的初步估算，这个历史大概也就两三百年。具体说来，它应该是从清初开始的。

明初南京地方文献中，似乎还没有提到栖霞看红叶的事。明代中期，南京人陈沂曾撰《金陵世纪》，其笔下写到栖霞山，并未提及赏看红叶之事。后来，著名文人王世贞游栖霞山，写了一篇游记，也没有说及。万历后期，差不多快到十七世纪了，曾任职南京国子监的江西大庾人孙应岳，写过一本《金陵选胜》。栖霞山是他所选中的胜迹之一，但他也没有说到红叶。

余宾硕是明遗民余怀的儿子,也自认为遗民,他的生活年代主要是在清初。他写过一组《金陵览古》,其中有《栖霞寺》一首:

> 海日初生江气开,
> 摄山天半拥楼台。
> 征君宅傍孤峰下,
> 帝子碑沉乱石隈。
> 衰草白云迷晓磬,
> 秋风黄叶满苍苔。
> 不辞临眺伤摇落,
> 词客哀时酒一杯。

这首诗写到了《明征君碑》,写到了秋风,也写到了黄叶,意在渲染沧桑和苍凉。但我觉得,诗中的"黄叶"属于常规的意象,与专门作为欣赏对象的红叶,迥然不同。至少,秋叶还没有成为观赏的焦点。

南京地方文献中开始提到栖霞红叶,似乎是从乾隆时代开始的。江宁人王友亮(1742—1797)恰好就生活在乾隆时代。他撰有组诗《金陵杂咏》,其中有《摄山》一首。诗序中明确提到，摄山在"城东北四十里，山多药草，可摄生，故名。秋时人多看红叶于此"。他的诗是这样写的：

> 连峰盘礴此江濆，
> 名字南齐始著闻。
> 舍宅已传明处士，
> 主山偏说靳将军（战国时楚靳尚也，呼为将军）。
> 药苗春涧香生雨，
> 枫叶秋林烧入云。
> 几度支筇吟未足，
> 只今清梦尚殷勤。

诗的重点是第六句："枫叶秋林烧入云"，由此可见，当时山上枫林已经颇有规模。"秋时人多看红叶于此"，可见当时这个民俗已经形成。

与王友亮差不多同时，南京有一位女诗人骆绮兰。因为是女诗人，又列名袁枚的随园女弟子，骆绮兰近年来颇为引人注目。不过，她跟栖霞山尤其是栖霞红叶的掌故，似乎还不见人提起。她的《听秋轩诗集》中收有多首游栖霞山的诗，最值得注意的是《栖霞看红叶过德云庵用壁间韵》：

栖霞山红叶

穿云破藓过僧家,
禅板初开静不哗。
尘梦尽销黄叶雨,
仙楼都拥赤城霞。
涧边曲水沉清梵,
林外疏钟起暮鸦。
好煞秋光惟薄暮,
石栏倚过夕阳斜。

诗题告诉我们,她来栖霞山是为了看红叶,这就为王友亮的说法提供了同时代人的"现场见证"。可惜除了"仙楼都拥赤城霞",诗中没有对红叶更多、更细的描绘,既没有说来看红叶的人多不多,也没有提来看红叶的都是些什么人。

不用骆绮兰点名,我们也知道,在乾隆时代,经常光临栖霞山的人中,名气最大的就是乾隆本人。乾隆二十二年(1757)、二十七年(1762)、三十年(1765)、四十五年(1780)、四十九年(1784),他五次驾临栖霞山,驻跸于栖霞行宫。那是两江总督尹继善专为其修建的。在栖霞山驻跸期间,他创作了一百多首"天章",也留下了"第一金陵明秀山"的品题——这是栖霞山在清代挣得的一块金字招牌,到今天还好使。不过,乾隆的栖霞诗篇中从来没有提到红叶。这一点看似奇怪,其实很正常,因为乾隆五次巡幸南京都是在春天,没有机会与深秋初冬的红叶邂逅。这是双重的不幸,一重属于乾隆,一重属于栖霞山。他没有见过满山红叶,哪里懂得她的"明秀"?

与此相映成趣的是,乾隆的臣下、时任两江总督的尹继善,却在诗中一再提及。在《初冬偕诸同事游摄山和袁子才韵》中,尹继善写道:"共爱枫林霜叶晚,终输春暖碧桃红。"在《再和袁子才游摄山韵》中,他又写道:"朱履却宜枫叶老,青峰岂厌鬓毛斑。"深秋或初冬到栖霞山看枫林霜叶,在尹继善和袁枚的眼中,是再自然不过的事,这正可以与王友亮和骆绮兰等人的诗相印证。

那么,栖霞山从什么时候开始广植枫树的呢?确切的时间很难考定,但至少十七世纪后期应该有了。那个时代的某一年深秋,朱彝尊(1629—1709)与几位亲友登栖霞山,作诗四首,其中已经有"槭槭霜叶鸣"的句子。

写《桃花扇》的孔尚任(1648—1718),年辈略晚于朱彝尊。当他专程到栖霞山拜访隐居在白云庵的道士张瑶星之时,肯定看到了"槭槭霜叶鸣"的情景。这有一个旁证。张瑶星有一位蔡姓友人,在寄赠张瑶星的诗篇中,曾写过"红叶相招策杖游"的句子。

《桃花扇》的最后一出是《馀韵》。这一出是整部剧本的点

乾隆题诗，重点是"第一金陵明秀山"。

睛之笔，曲终奏雅的那一套《哀江南》曲子尤其令人激赏。好句子太多，目不暇接，比如：

> 白鸟飘飘，绿水滔滔，嫩黄花有些蝶飞，新红叶无个人瞧。

这几句是写在秦淮窗寮上的所见所感，思绪跳荡，"新红叶无个人瞧"所指的，应该就是栖霞山的枫叶。在明末清初，张瑶星很有知名度，在南京更有影响力。《桃花扇》故事闻名遐迩，扩大了栖霞山及其红叶的知名度。《桃花扇》中的女主角李香君,后来在栖霞山出家,死后据说也埋在栖霞山,其墓在今山巅桃花涧景点一侧。

年复一年,每当霜露既降,人们就开始关注山中枫叶的消息,相互打听。栖霞赏枫的习俗,也许是从《桃花扇》开始的吧。有了名家的示范,有了经典的吟味,有了桃花的映衬,栖霞山的红叶,自然越来越红。

行走江湖须知

前几年,民国忽然热了起来,大江南北,一下子冒出好多民国粉。在民国故都的南京,民国粉更不少见。若干年前,就挨着当年总统府墙边,建了个1912街区,什么意思?民国元年呗!民国元年有点政治意味,不方便,1912就含蓄一些。在民国故都街头,灯红酒绿之下,偶尔回首1912,做一场短暂的金陵春梦,似乎挺有文艺范儿。

1927年,南京正式成为中华民国的首都,此后十年,是南京现代史上的黄金岁月,路宽阔了,街道齐整了,两边行道化,绿油油的,达官贵人的甲第洋房,如雨后春笋,总之,城市旧貌换新颜。交通也方便了,到南京来的各色人等络绎不绝。

但是,江湖险恶,即使这个新都,也行走不易。1929年出版的两本南京旅游指南,一本是《新都游览指南》,一本是《南京游览指南》,最近在南京出版社旧书新刊。略一翻阅,对这一点印象更深。现代的城市游览,固然不同于古代的江湖行走,但现代城市为三教九流聚集之地,不是江湖,胜似江湖,行走须得格外小心。

陆路行走，近路不说，远途少不了雇马车。"普通租用，每小时约一元，每天约四元，车夫另给酒饭钱，约四五角不等。"可见整包一天比较便宜，包小时就贵得多，有经验的人都会事先说好价钱。事先没有说好的，零零碎碎滴滴答答地计算，既麻烦，也费钱，不可取。

马车之外，还有人力车，也是"任人雇用"。计价原则颇有一些讲究，行人必须有所了解，方能避免吃亏。比如，"大抵短路贵，而长路较廉"，这是薄利多销的道理，容易理解。再如，"由热闹之场所往静僻之地贵，由静僻之地往热闹之处廉"，这是考虑到返程的因素，到热闹场所去，容易揽到生意，相反，去僻静的地方，较难接到下一单生意，所以去程贵一些，相当于加收一点空车返回的费用。再如，"雨雪及炎热之时索价较昂"，天气条件不好，车夫体力支出大，多收些钱，也在情理之中。

外地人初来乍到，最好能操南京话，让车夫误认你是本地人，不敢讹你。实在装不了本地口音，也要显出你对本地不陌生的样子，特别是能够提出差不离的价钱，"使彼辈知为老南京，不敢歧视，价易讲妥"。这条提醒很重要。新都初建，外乡人大量涌入南京，从事各行各业的都有，哪能个个会说南京话，只能故作镇静，对价钱心中有数，才不致受骗上当。这个经验至今还有效，可见社会既没有退步很多，也没有进步多少。

出远门，或者从南北远方来南京，在当时坐火车是最快的。如果带的行李多，可以请脚夫搬运，送上火车，每件照章给铜元四枚。碰到不地道的脚夫，还会找由头留难，无非想额外加钱。你不要理他，实在解决不了，还可以告到站长那里，让站长查办他。

水路交通，最重要的是长江客运。当时，走长江的轮船很多，有怡和洋行的，有太古洋行的，有招商局的，有东洋船，还有野鸡船。等级不同，快慢不等，价钱有别。共同点是"扒手甚多，旅客务须严防。如有银钱重要物件，可交与帐房。大箱等，可寄存箱舱，换取铜牌，俟到埠后持牌领取，万无一失。又船上窃贼，大都与船上茶房通声气，凡携进舱内之物，例不得盗取，倘有违者，事发后，必受重创，故其窃物，多在边杆内，恒于将上船而未进舱，将下船而未登岸之地。故乘客上船后，即须将物携至舱内，或托付茶房为要"。

当时还流传一句谚语，叫作"船到岸，心莫乱"，说的是船到下岸之时，客流混乱，人声喧杂，窃贼往往趁此时机下手，所以要特别当心。但窃贼往往也与来码头接船的人互通声气，心照不宣，彼此有默契。不过，如果你事先订好了旅馆，可以叫旅馆来人到码头接你，他手上会拿着旅馆开的招牌单子，你把行李交给他，就稳妥了。

水路的另一条，是秦淮河。有钱有闲，想风雅一番，势必要租一条画舫。"设遇夏秋良夜,游艇画舫如织,选色征花之辈,蚁聚蜩集,高歌低唱之声,悦耳赏心。"有几艘画舫还提供特殊服务,"蓄雏鬟三五,作清歌以娱茶客",可以点戏点歌,当然要另付小费。画舫的价钱也要事先谈好,"以免游后任意需索",那就扰人清兴,甚至大煞风景了。

南京哪个大学？

以英译《金瓶梅》而驰名学界的美国汉学家芮效卫（David Tod Roy），长期执教于芝加哥大学，已经八十多岁了。2013年，他在芝加哥大学人文学院的刊物 *Tableau* 上，发表了对自己从事汉学生涯的回忆。当年12月18日，上海的《东方早报》对此做了介绍。我没有看到英文原文，不知道中文报道是全文翻译，还是摘要改写，不管怎样，行文中都有一些表述不够准确。比如，文章中有这样一段：

> 1930年代，我的父母以长老会传教士的身份前往中国，他们先在北京生活了两年，并在那里接受高强度中文学习。我的父亲学习语言非常具有天赋，他很快就以南京大学哲学系教授的身份用中文做讲演。1932年，我的父母搬到了南京，1933年我在南京鼓楼医院出生。1936年，我们全家回到美国休假。1937年抗战全面爆发的时候，南京大学搬到了四川省首府成都，我们也于1938年返回中国，并在成都一直住到1945年。

严格说来，1930年代并没有南京大学（如果翻译成英文，校名应该是 Nanjing University）。芮效卫说的，应该是指金陵大学，英文校名是 University of Nanking。这两个英文校名非常相似，常常让人混淆。

网络上曾经流传过一个段子，有南京大学的学生被人问道："南京大学，究竟是南京哪一个大学？"这是好多年前的段子了，不过，直到今天，南大学生还会时不时将它翻出来，用以自嘲乃至自黑。现在看来，这个问题还可以这么问：究竟是哪一个南京（Nanjing or Nanking）的大学？当然，重点和效果已经不同了。

芮效卫所出生的鼓楼医院，就在金陵大学校园旁边不远，那时，它就是金大的附属医院。它本身是一所基督教的医院，1892年由美国基督会资助加拿大籍传教士、医学博士威廉·爱德华·麦克林（William E. Macklin，汉名"马林"）创建，故南京人一向称之为"马林医院"。抗战期间，金陵大学内迁成都华西坝，而南京大学的另一前身中央大学，抗战时内迁重庆松林坡，两地距离甚远。凭芮效卫所述内迁之地，也可以证明他说的是金陵大学。

1952年院系调整，金陵大学的文理学院并入中央大学被允许保留的文理学院，组建为南京大学，金陵大学校园（金陵苑）变成了南京大学的校园。直到2009年，这个校园一直是南京大学的主校区。从1952年起，鼓楼医院脱离了与金陵大学（以及调整后的南京大学）的关系，直到前些年，南京大学重建医学院，鼓楼医院才又成为南京大学医学院附属医院。

垂垂老矣的芮效卫先生，正着手把他收藏的欧美汉学研究书籍，通过某种方式，变成南京大学图书馆的馆藏。也许，在他的想象中，这些书可以代替他，回到他小时生活过、至今还魂牵梦萦的那个校园。如果他知道，他的这批藏书以后将栖身于东郊仙林的新校区，而不是当年那个金陵苑，可能会有些许惆怅吧。

南京大学鼓楼校区金陵苑，就是金陵大学当年的校园。"金陵苑"这三个字由金陵大学老校友程千帆先生题写。

"文革"印记:红彤彤的南京区名

最高指示

农村是一个广阔的天地,在那里是可以大有作为的。

南京市革命青年下乡上山批准书

×××同学积极学习毛主席著作,活学活用毛泽东思想,破私立公,响应伟大领袖毛主席的号召,到农村去,走与工农群众相结合的革命道路,特此予以批准。

南京市朝阳区革命委员会

一九六八年十一月十二日

没有在那个"火红"年代生活过的人,对这份文件的文体格式、语词语气甚至内容恐怕都比较陌生。比如说文件末尾的"朝阳区"这个地名,就是那个年代特有的印记,早已随着那段历史烟消云散,谁还记得它昙花一现似的光华呢?

"文革"中,南京主城区有鼓楼、下关、玄武、白下、建邺、秦淮六个。这几个区名,都蕴涵着深厚的历史文化记忆,自史无前例的"文化大革命"起,就一个接一个,按照那个时候的说法,"被扫进了历史的垃圾堆"。

1966年8月,秦淮区率先改名遵义区,1967年军管之后,就顺理成章地成立了"遵义区军事管制委员会";1968年3月,又改为"遵义区革命委员会",简称"遵义区革委会";直到1973年12月,才又恢复了秦淮区的旧名。秦淮歌女也好,秦淮烟水也好,都透着封建的气息,而改成"遵义",马上与党史中那个伟大的革命圣地联系起来,在陈旧的老区名之上,刷一层革命的新嫩漆,不仅时尚,也展示了忠诚的姿态,还是一层自我保护。

玄武区改名"要武区",时间在1967年3月,也是在军管之后。文攻武卫的时代,伟大领袖在万众瞩目的场合发话:不要文质彬彬,要武嘛。"玄武"改名"要武",就是贯彻了这一"最高指示"。"玄武"的旧名出自玄武湖,正是所谓"文质彬彬",新的名称则崇武尚力,这个蛮勇而不失江湖气的名称,也一直用到1973年。

"白下"源自东晋王导在幕府山麓设立的白石垒,后来遂有了白下门,亦称"白门"。"白"是"红"的反动,"下"是"上"的反义,在那个时代,"红"代表革命,"白"是反革命,"白下"之名既反动又落后,名不正,言不顺,当然要不得,弃之唯恐不及。于是,1967年实行军管之后,"白下"顺理成章地改名为"朝阳",在红太阳光辉照耀下,蒸蒸日上。这个宣示革命化的动作，一直维持到1973年才中止，而"白下"一名也才随之重获新生。

今天，建邺区在自我介绍（"自我营销"）时，很愿意称自己为"建业"之地，是大展雄才、建功立业的好地方。区长如此，市长也不能免俗。建邺、建业都是南京的旧名，本来通用，不必咬文嚼字，斤斤计较。不过，要以"革命"标准来衡量，这两个名称都"不及格"：建什么功，立什么业，连最重要的问题都没有说清楚，行吗？必须得改。于是，1967年的南京大地上，就出现了"红卫区"，并成立了"红卫区军事管制委员会"，次年改为"红卫区革命委员会"，直到1973年，这个红彤彤的名字才寿终正寝。

在这股革命化的潮流中，鼓楼区和下关区也不甘落后。鼓楼区改名延安区，下关区改名东方红区，这出革命大戏，都是从1967年3月开场，1973年11月收场。改区名是主要剧目，街道里弄也争先恐后地配合，名称改了一大批，焕然一新，真是"祖国山河一片红"。南京大学和南京师范大学鼓楼校区附近，有两处地名，分别叫"北阴阳营"和"南阴阳营"，阴阳怪气的，要不得，趁早改了名，叫"向阳北巷"、"向阳南巷"。

城区如此，郊区也不例外。比如，栖霞区的西沟大队，就改名为朝阳大队，而四段圩大队则改名为红旗大队，都是在1968

革命青年下乡上山批准书

年。诸如此类，不胜枚举。新的地名层出不穷，那几年做邮递员的，要时刻准备恶补这类"新知"，否则，且不说当个"革命邮递员"，恐怕连合格的邮递员也不能胜任。

那个时代，人们爱挂在嘴上的一个词叫"弄潮儿"，红卫兵小将们，下乡上山的知青们，对自己都是这样的定位："弄潮儿向涛头立，手把红旗旗不湿"，于是热血沸腾，于是意气风发。时过境迁，懵懂梦醒，才发现他们绝大多数人根本不是在"弄潮"，而只是被潮弄（或者"被嘲弄"），是"潮弄儿"。不错，这就是"造化弄人"的那个"弄"。至于造化，可以是莫测高深的大自然，可以是法力无边的各路神灵。

弄潮或者潮弄终将过去，热血终要降温，红色终会消褪，就像今天挂在墙上、墨迹和图案日益黯淡的这张纸片。

时至今日，有多少当年的知青，还留着这样的文件？有多少后来的青年，还真正了解那个时代？

第二辑　前朝盛事

最高领导人看望《元史》课题组

金陵四十八景中,有一个"天界招提",说的就是天界寺。今天提到天界寺,恐怕南京本地人也会感到陌生。可是,在明代,它却是京师三大寺之一,与另外两大寺即灵谷寺、大报恩寺并列,是南京寺庙中的龙头老大,管辖其他次等寺庙,规格最高,公田的收入比别家寺庙多,连僧官的俸禄也比别的寺院高。国家最高领导人朱元璋对这座寺庙都情有独钟,隔三岔五地,到这个寺里来转一转,用那时政治正确的说法,就是车驾巡幸,也在有意无意中抬高了它的地位。

天界寺在聚宝门(也就是今天的中华门)外,具体位置在雨花西路能仁里,与碧峰寺和能仁寺并列。在元代的时候,它名叫龙翔寺,原址在朝天宫,明初迁至新址,并改名为天界寺。寺占地面积甚大,"地阔深邃",有三十六庵,还有西阁、钟楼、花架等,既有自然山林的清幽,又有壁画的金碧辉煌。朱元璋早年曾在凤阳皇觉寺出家为僧,登基之后,不免对僧寺格外照顾,对天界寺更是另眼相待。这不是空话,下来说的几件实事,便可为证。

金陵四十八景之"天界招提"

为了管理天下僧道，朱元璋在礼部之下设僧录司，管理天下僧寺；又设道录司，管理天下道观；把僧道两宗全都纳入体制之内，便于掌控。道录司设在朝天宫，僧录司则设在天界寺。不要小看这僧录司，它可是正六品的衙门，下设左右善世、左右阐教、左右讲经、左右觉义等员职。曾经担任过左右善世的白庵金禅师、宗泐、彝简等高僧，都住在天界寺。换句话说，天界寺就是替皇家代行佛教管理的机关，这里就是全国佛教协会。明代有人称天界寺为"方今第一禅林"，那是实在话，一点没有虚夸。

在朱元璋时代，外国使者来朝贡，到达京师的第一站，往往是龙江驿。先由应天府陪同有关官员，将使者迎接到会同馆（今通济门公园路）住下，再由礼部侍郎接见。在等待皇帝接见之前，外国使者先要在天界寺熟悉朝仪，最后才能择日朝见。那应该是天界寺还在朝天宫的时代吧。那位渤泥（今文莱）国王当年不远千里，涉海前来，想来也曾在天界寺操练过朝见礼仪吧。他死后埋葬在南京，安息在安德门外，离天界寺的新址也不太远。

洪武二年二月，明太祖朱元璋下令开《元史》馆，以左丞相李善长为监修官，以宋濂和王祎为总裁，同时征召高启、汪克宽、赵壎、胡翰等人为纂修官，并调集《元经世大典》等诸多书籍史料以备用。史臣们在修史馀暇,也不免登高望远,吟诗唱酬。高启、孙蕡等人的文集中,就多有诗篇作于天界寺。高启有一首《寓天界寺》:

雨过帝城头,
香凝佛界幽。
果园春乳雀,
花殿午鸣鸠。
万履随钟集,
千灯入镜流。
禅居容旅迹,
不觉久淹留。

还有一首《寓天界寺雨中登西阁》:

片云出钟山,
阴满江东晓。
幽人阁上寒,
风雨啼莺少。
红尘禁陌净,

绿树层城绕。

不为怨春徂,

离怀自忱悄。

要知道,他是身负修史重任,不是成天没事,在天界寺闲逛。另一位史臣孙蕡的《西庵集》中,有一首《驾幸天界寺和朱太史苬韵》。朱元璋来天界寺视察,毕竟是当时一件大事,《元史》馆史臣奔走相告,还以此为题作诗酬唱。

朱元璋多次视察天界寺,有时是来看望寺里的高僧。他曾请一位法号道成的高僧住此寺,道成推说不能参禅,朱元璋就特许他不必参禅,这可是非同寻常的恩荣。有时,朱元璋是来视察《元史》馆,看望诸史臣,了解他们的工作进度。直到今天,洪武皇帝的文集中,还留有好几篇有关天界寺的诗文,包括《天界寺花架说》。

天界寺与明初君臣、高僧、蕃使以及文士,结下了不解之缘。明成祖迁都北京之后,天界寺的官方色彩淡化了,但文士们依然喜欢那里的林下风景,直到明代中后期,仍有顾璘、文徵明、袁宏道、袁中道、王世贞、钟惺等著名文人,造访这里,留下他们的屐痕。"公安三袁"中,袁宏道曾为寺僧起草过募田疏,疏文至今还保存在《袁宏道集》中。袁中道对天界寺环境的清幽印象特别深刻。据他的描述，寺内"古柏老桧，沉寒逼人，殿阁拟于王居。其馀兰若三十六所，文楠为柱，白石为墙，明窗洁案，净不容唾。竹色腾绿，佳果骈列"，真是个好地方。

有一次，钟惺与几位友人同游天界寺，恰遇下雨，就留宿在寺中，盘桓两日之久。当时寺里有一位诗僧善权，跟钟惺一行相处甚得。后来，当善权编辑自己的诗集时，钟惺便欣然命笔，为他作序。

颂圣是个技术活儿

朱厚照驾临南京,给南京众多文士制造了歌功颂德的机会。颂歌嘹亮,响彻云天,在众声喧哗中,顾璘的《武皇南巡旧京歌》脱颖而出,展示了他高人一筹的颂圣技术。

顾璘(1476—1545)是南京人,字华玉,号东桥居士,弘治年间进士,授广平知县,累官至南京刑部尚书。顾璘很年轻就有才名,以诗著称于时,与同里陈沂、王韦号称"金陵三俊"。这三个人后来再加上从宝应来的朱应登,就是所谓"金陵四大家"。

《武皇南巡旧京歌》实际上是一组七绝诗,一共有17首。这组诗有几个主题,主题好比是框架,诗作就是依托它们而搭建起的屋宇。第一个主题是"金陵王气"。这是南京人驱之不去、呼之即来的"情意结"。明初定都南京,好景不长,几十年后,就迁都北京,留下南都的故宫和南六部的空架子。虽然是旧京,还保留了南都之名,聊胜于无,对南京人来说,这多少是个安慰。

从1421年明成祖朱棣迁都北京以后,到明武宗南巡之前,

这是一幅《南巡图》,可惜主角不是朱厚照。

其间相隔一百年，没有哪个皇帝到南都来过，连走马观花的都没有，南都故宫被冷落得太久了。现在，明武宗非但来了，居然还有流连忘返之意，尽管他的南巡名不正，言不顺，但对南都人来说，这无论如何是件有面子的事。

"金陵王气"好比是南京这座城市压箱底的宝贝，够得上"古董级"，顾璘把它翻出来，炫耀给朱厚照看，也给别人看。这一番显摆，武宗南巡也就有理由，可以堂而皇之了：

> 紫盖黄旗拥六军，
> 金陵王气日氤氲。
> 龙君涉海移三岛，
> 凤女排空结五云。

"紫盖黄旗"和"金陵王气"一样，都算得上南京的一项"非物质文化遗产"，必须拿出来展示一下。如此这般，就制造出满天的祥云，南巡旧京的朱厚照，便被包围在氤氲的王气之中。来自迢遥北方的六军，来自深宫大内的朱皇帝，与千百年不改的金陵王气之间，是看与被看的关系，看对方，也有意展示给对方看。此时此际，顾璘的作用就是个媒婆，两边说好话儿。

与"金陵王气"直接相关的，首推虎踞龙盘的南都形胜。钟山龙盘，石城虎踞，龙虎之势，即是"金陵王气"在地理上的具体表现。《武皇南巡旧京歌》第二首写道：

> 北固江涛控海门，
> 南都山势迭昆仑。
> 金宫暂启双龙见，
> 玉帐遥临万马屯。

第六首也是此意，但更为具体：

> 千年宝历自南开，
> 八叶神孙暂北来。
> 日月更临龙虎阜，
> 云霞重抱凤凰台。

江海要津，虎踞龙盘，玉帐遥临，金宫重启，经"媒婆"这一番描摹，旧京仿佛焕发了青春。

在"金陵王气"这面大旗的掩护下，南巡涂上了历史文化的彩饰，在政治正确的道路上，颂圣高歌猛进。这是组诗的另一个重要主题。第三、第四、第五首接着写武宗南下，沿途是皇恩浩荡，雨露均沾。第三首写途中，还没到南都，已是仁恩海涵：

> 狂鲸吹雾暗江潭，
> 圣主仁恩似海涵。
> 聊唱大风过泗上，
> 即飞霖雨洗淮南。

到了"江南佳丽地，金陵帝王州"，更是绿水朱楼，烟花弥望：

> 绿水朱楼佳丽城，
> 君王行处彩云生。
> 烟花一望三千里，
> 遥送春风入镐京。

前两首写的还算遥望中的远景，到了第五首诗中，开始出现近景描写，一身戎装的朱厚照，正式登台亮相：

> 赵国新裁短后服，
> 汉王遥嗔侧注冠。
> 且挥神剑清方岳，

莫着褒衣聚将坛。

第三句，颂歌的调门已经比较高了，但还不及第七首那么肉麻：

> 朝闪龙旂入建康，
> 暮收飞檄定吴疆。
> 会稽勒石羞秦帝，
> 沧海歌云笑穆王。

这是露骨地吹捧朱厚照的功绩，活生生地把秦始皇、周穆王比了下去，羞死了始皇帝，笑噎了周穆王，朱厚照听到这么动人的说辞，肯定爽得欲仙欲死。

朱厚照在南京南巡，去过哪些地方，干了哪些事儿，正史中不好意思多说。笔记作者大多道听途说，只能抓住少数几件事，添油加醋地渲染。顾璘身处现场，《武皇南巡旧京歌》虽然是颂歌，捎带着以诗证史，也能窥见一些史实。比如下面这两首：

> 青龙山北接飞猱，
> 白鹭洲东射海鳌。

不为芳春浪行幸,
寝园聊待荐含桃。

金陵千古帝王州,
高庙衣冠月出游。
传语三边貔虎士,
莫须喧近凤凰楼。

朱厚照喜欢打猎,笔记中亦只见一鳞半爪的记载。顾璘明确点出他到青龙山北、白鹭洲东射猎,相当写实。颂圣有风险,下笔须谨慎。所以,说到皇帝游乐,他总免不了强调这不是芳春浪游,而是治国练兵的演习,是访贫问苦的行程:

旧都何让古新丰,
父老称觞拜舞同。
金马词臣休候直,
独宣京兆问民风。

你看,皇帝来了,他深入基层,与民同乐,万众欢呼,满城欢腾,这情景多么和谐,多么祥和。

既然写"旧京",总要涉及旧京名胜之地。玄武湖在明代是贮存户籍图册资料之地，与民生大有关系，皇帝去视察，理由正当，冠冕堂皇。下面这一首写朱厚照视察玄武湖，皇上的恩情比湖深，连鱼儿都能感觉到：

> 石壁斜临玄武湖，
> 中开天府贮民图。
> 文鱼在藻承皇泽，
> 来傍龙舟夜吐珠。

此外，吴苑、龙虎阜、凤凰台、白鹭洲、幕府山、昭明楼、朱雀桥，等等，这些强烈暗示着"六朝古都"和"金陵王气"的地名，也鱼贯而出，为颂圣贴金。

颂圣的传统技术，照例要曲终奏雅。这所谓"曲终奏雅"，就是不能满篇歌颂，否则好比从头到尾喂人蜜糖，腻得慌，要添加点盐或者酸粉，才别有风味。99%的颂圣，加上1%的讽刺，也让颂圣者找回一点自我和脸面，未来面对历史审视时，有个搪塞或者解脱之辞。顾璘是这么写朱厚照南游的：

> 射虎南山黑雾摧，
> 斩鲸东海白波回。
> 吾皇一出清天下，

岂为扬州花月来。

　皇上远游,是为了"清天下",大公无私,岂是为游乐而来?这里的"扬州",可以是隋炀帝的扬州,也可以是六朝古都南京。一个"岂"字,使另一种声音——"专为扬州花月来"——被压制下来,同时也被发掘出来。既隐又显,欲颂还讽,多少事欲说还休,这就是颂圣的传统讲究。

　　白发梨园老乐师,
　　锦胸花帽对弹丝。
　　行宫只奏中和调,
　　解厌南朝玉树词。

　行宫奏乐,都是中和之调,中规中矩,完全不是南朝《玉树后庭花》那样的淫靡之音,亡国之调。说到底,这两首诗最后都是对朱厚照的委婉讽谏。当年杜甫有诗说:"此曲只应天上有,人间能得几回闻",是同一个路数。

　　幕府山根江接天,
　　昭明楼下月横烟。
　　六韬自可销长夏,

不荡兰舟唱采莲。

章法、结构以及用意与前两首全同。

朱雀桥连翠柳衢,
银鞍丝鞚锦模糊。
君王行乐千人出,
遥认飞龙天马驹。

这一幕中的"君王行乐",非但没有扰民,甚至还有与民同乐之意。可惜这一些,包括前一首所谓"不荡兰舟唱采莲"云云,只是诗人的美好想象,一厢情愿而已。

组诗的最后两首,曲终奏雅,最见顾璘的煞费苦心:

六代繁华何足夸,
而今四海共为家。
暂看吴苑环城水,
终忆燕台夹路花。

朱天子以四海为家,南游旧京自是无可厚非,但是,"吴苑"只能"暂看","燕台"才是"终忆"的对象,细读至此,就

知道作者图穷匕见,已经在劝驾北还了。南游应该适可而止,及时北归,坐北朝南,掌控天下,仍然不愧为贤圣明君,与日月同光:

> 燕京地图天下吭,
> 乾枢高运整群方。
> 南巡净扫风烟色,
> 北上长悬日月光。

至此,这组诗结构完整,功德圆满,主题在政治上无懈可击。

平定宁王之后,顾璘曾经以诗代书,上书乔白岩。先是称赞旧京的地位非同一般,"石城钟阜倍生色,龙虎吐气长葱葱",接着歌颂武宗的英武和乔公的明智:

> 我皇英年孝且武,
> 金戈铁甲临元戎。
> 乔公泣血扣马首,
> 小丑讵足劳皇躬。
> 献俘受馘大礼毕,
> 跪捧翠华回六龙。

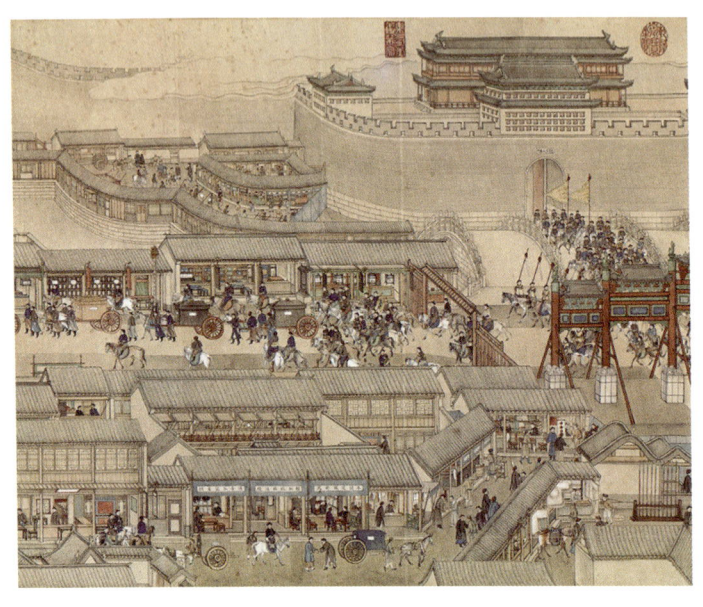

《南巡图》中的繁华市井

这几句说的就是朱厚照亲自导演俘获宁王的那出大戏,乔白岩巧言相谏,事毕,又婉言相劝朱皇帝早日北返。这件事真不好措辞,说轻了,对乔公不恭,说重了,对天子不敬。只有一招,就是把婉讽包裹在颂圣的糖衣里,不苦口的,还会是良药吗?

最后,少不了把乔公和天子捆绑在一起,先把自己安置于政治安全之地,然后再巧妙颂之:

> 但愿天子寿考亿万岁,
> 置公左右开宸聪。
> 刍荛之言无少蒙,
> 永绝前日忧忡忡。

可以说,这首诗就是《武皇南巡旧京歌》的姐妹篇,应该合参对读。

颂圣文化在中国源远流长,传统深厚,堪称世界第一,难能,却未必可贵。面对一个时代的重大事件,颂圣也不失为一种特殊的记录与反应的方式,泛滥,却未必无足轻重。

文青朱厚照及其CP

明武宗朱厚照是文青。文青不是他的病,是他的命。他同时代的文坛同人,面对这个段位如此之高的文青,也只好这么想。

朱厚照娶了南京人夏氏做皇后。他到南京来走亲家,名正言顺,但这显然不是他南游的重点。他也寻访过几位旧家名臣,还专门从南京渡江到丹徒,看望已经退休在家的宰相杨一清,"饮宴三日,赋诗酬和"。这杨一清不是等闲角色,想当年,正是他巧妙定计,帮助朱厚照诛除了刘瑾。君臣把酒言欢,也不是朱厚照南游的重点。

他的重点是——文青病犯了。这种病,每逢暮春三月、江南草长之时,就有一次总爆发,而且随着那个季节的花粉到处飞扬,表现出超强的传染性。

江南不仅有莺飞草长,有杂花生树,还有种种迷人的声色。比如戏曲、伎乐,比如园林,比如书画,样样都可以极视听之娱。文青到此,没有理由不流连忘返。

明武宗朱厚照像。他的面相颇有文青气,不是吗?

徐霖自书诗。看,他还自称"快园叟",见他的印章。

文青朱厚照及其CP

生活在明代后期的南京本地人顾起元,写过一本笔记《客座赘语》。他在书中引述一位长者的话说:"正、嘉以前,南都风尚最为醇厚。荐绅以文章政事、行谊气节为常,求田问舍之事少,而营声利、畜伎乐者,百不一二见之。"这话要反过来听。他是说正德、嘉靖以后,世道就大不一样了,"营声利、畜伎乐"、追求声色享受的人越来越多,总之,"腐"起来了。《明史·顾璘传》说,"南都自洪、永初,风雅未畅","正德时稍稍振起",并且点了几个代表人物的大名,第一个就是徐霖。《明史》所谓"风雅",其实包括了《客座赘语》的"声利伎乐"。

一句话,明武宗时代的南京非常的文艺,相当的"小资"。久旱逢甘霖,朱厚照一到南京,徐霖就进入他的视野,信非偶然。

徐霖(1462—1538),字子仁,号九峰。他先世是苏州人,后来移居金陵,就成了南京人。当时南京城的文青,无不奉他为偶像。

徐霖性格豪爽,还是个老帅哥。朱厚照见到他的时候,他已年过半百,不过依然风流倜傥,须髯飘飘,所以在江湖上有"髯仙"的美名。搁别人身上,那美须髯或许只是装文艺范、装酷大叔用的道具,搁徐霖身上,就是百分百的自然酷。他才具多方,文联底下随便哪个协会,他都有资格成为顶级会员,根本用不着装。

他是书画家。他善画工书，篆书登神品，楷书、行书皆入精妙，碑版书师法颜、柳，题榜大书师法詹孟举，都名扬海内外。他的大名，连远道来的日本使臣都知道，想方设法非要求得其墨宝，带回国去先显摆一通，然后珍藏起来。

他是戏曲家。填词作曲，在他手里是小菜一碟。他填的曲既有才情，又格律精严，雅俗共赏。当时人尊称他为南京"曲坛祭酒"，也就是首席戏曲家。据明代另一位南京本地文人周晖说，徐霖年轻的时候，常常出入夫子庙狭斜之地，他的曲子一出来，莺莺燕燕们争相传唱，一时满城风行，名气更大了。远在苏州的吴中文士、书画家文徵明，曾经题诗寄赠徐霖，称赞他"乐府新传桃叶渡，彩毫遍写薛涛笺"。桃叶渡代指夫子庙北里之区，薛涛代指那些莺莺、燕燕、盼盼、师师一流人物。

徐霖的戏曲作品相当多，周晖看到的就有七种：《绣襦》《三元》《梅花》《留鞋》《枕中》《种瓜》《两团圆》，在当时都很流行。

明武宗刚到江南，伶人臧贤就向武宗推荐徐霖，说此人的新曲一时无两。言下之意，不认识他，不听他的曲子，都不好意思说你到过南京！武宗就把徐霖召来，命他填写新曲。北宋词人柳永自称"奉旨填词柳三变"，徐霖也可以声称"奉旨填曲徐九峰"，同是奉旨，他的级别明显比柳永高好多。

徐霖奉旨填曲，每一曲出，都大得武宗喜欢。武宗曾经两次幸临徐霖家——历史上著名的快园。快园位于南京老城南，在武定门之东、箍桶巷西侧一带。明武宗第一次驾幸快园时，并没有事先通知。恰好松江南禅寺有一僧人来访，徐霖请其住在快园中。不巧僧人得了疟疾，一病不起。头天夜里，病僧忽然对徐霖说："圣驾马上要到快园来了，赶快把我的床移到僻静之地避一避。"病僧一再强调他绝不是病中呓语，而是冥冥中有此预感。徐霖依僧人说的，把他的床移到了祠堂中。果然，天刚亮，宦官就簇拥着朱厚照来了。看这样子，朱厚照与徐霖关系非同一般。

快园的"快"，想来当是快活的意思。快园中并不缺少寻欢作乐的项目，这里不说戏曲声色，只说钓鱼。周晖在《金陵琐事》中记道，明武宗到快园鱼池中钓鱼。每钓上一条金鱼，众宦官争相出高价抢购，君臣笑乐，玩得很 high。武宗一不小心，失足掉到了鱼池之中，浑身衣服全都湿透了，爬起来仍然兴高采烈。快园之中，本来就有多处名胜，包括晚静阁、振衣台、丽藻堂，到处是当世名贤的题刻，自此之后，又多出"宸幸堂"和"浴龙池"两个名胜，身价陡涨，今非昔比。这确实是古今少有的奇遇，连记叙此事的周晖也不禁眉飞色舞，大发感慨。

可惜，快园后来日渐颓败，难见旧迹。三百年后，嘉庆二十四年（1819）秋天，杭州诗人陈文述因公在金陵羁留月馀，作诗300馀篇,题咏历代名胜,并略加注释和考证,按年代编排。因金陵古称秣陵,故名其集为《秣陵集》。明武宗钓鱼处,也引起了诗人怀古的叹喟。"文革"前,黄裳先生还曾去寻访旧迹。

朱厚照与徐霖是一对好CP。看到徐霖的美须髯,朱厚照情不自禁地把玩起来,意犹未尽。后来,他干脆将其剪了下来,做成拂子,时一挥舞,常在掌握之中。为了让徐霖日夜都能陪伴在身边,武宗甚至召徐霖宿直禁中。据《金陵琐事》说,徐霖"以布衣召对,朝夕应制,百韵立成,虽雅俗并陈,词多谲谏,在帝左右,从容顾问,游从竟日夕,可谓不世之奇遇"。这虽然是野史记载,但仍然有意为圣贤讳,下笔有不少留白。

还有一种传说:武宗回銮的时候,徐霖扈跸入都,每天夜里都睡在御榻之前,跟皇帝同卧同起。这可能是从徐霖宿直禁中一事衍生出来的,令人遐想。不必考辨此说真假比例,也不必计较其中水分多少,这里的要点是:朱徐君臣之间如此戏谑,如此相处,简直"忘形到尔汝",确实史上罕见。徐霖虽然滑稽自雄,却也知道明哲保身。武宗屡次要授他官职,他都坚辞不受,最后布衣还乡,得保天年。CP剧情如此结束,徐霖不容易,朱厚照更难得。

武宗多次在南京的行宫召见徐霖。这并不是我们想象的明故宫。1421年,明成祖迁都北京,到武宗南巡,差不多一百

徐霖的行书。这幅作品的亮点是他自署"髯仙"。

徐霖篆书《千字文》

年。明故宫还维持着往日的规模，尽管风雨飘摇，但论其高大上，仍非民居所能比拟。不过，武宗南巡，并未入住明故宫。那是因为文武百官生怕他一旦入住，就此恋恋不舍，再也无意北归。他们安排朱厚照住在太监王强家里，不知道当时编了什么理由，才说服了这位向来自作主张、说一不二的文青皇帝。

那一夜，牛首山山灵夜吼

故事发生在正德十五年（1520）六月，盛夏，一个酷热的夜里。

进入农历六月，南京一天比一天热起来。正在南京作逍遥游的明武宗，总待在城里觉得厌烦，又翠华摇摇，到南郊的牛首山夜宿。那时候的牛首山，四周没有现在这么多房子，荒野空旷，比城中风凉多了。酷热时节，皇上来山间避暑，谁也不敢说个不是，免不了兴师动众，劳动僧俗两界，扰扰攘攘，这都是意料中的事。没想到，半夜三更，守卫军被山中忽然发出的一阵呼喊惊起，后来口耳相传，都说那是牛首山的山灵夜吼。

牛首山是南京的佛教名山。皇帝爱玩，玩到南郊的牛首山，看风景，访古迹，或者干脆只是纳凉，本来没什么稀奇。但是，贵为天子，夜宿山寺，即便有禁军宿卫，终归很冒险，一不小心，便会捅出娄子。武宗皇帝这次巡幸并驻跸牛首山，据说也是他身边的佞幸江彬的主意。当时人传言，夜里那场哄乱，是江彬有心谋逆。当时，宁王朱宸濠虽然已经束手就擒，拘禁

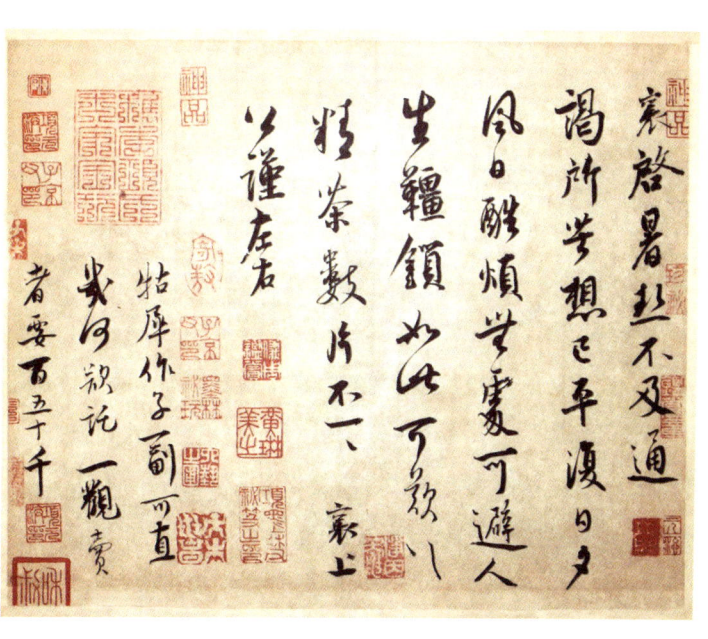

北宋书法家蔡襄《暑热帖》

在江上舟中，但还活着。言外之意，江彬很有可能与宁王勾结，阴谋废立。

这实在是连影子都没有的"民间讹传"，经不起考据，但却事出有因。如果对照一下笔记之类的记载，就可以明白，这个传说所反映的，正是当时南京的民心和舆情。民心和舆情的核心，就是痛恨佞幸江彬的狐假虎威，胡作非为。

说到这儿，不能不问问：这江彬何许人也？

江彬出生于河北张家口，原本是河北的边将，因为勇悍异常，立了一些战功。他先用钱打通了掌权宦官钱宁的路子，被推荐给明武宗，成为武宗豢养的义子之一。武宗武勇好斗，有一次异想天开，居然与老虎搏击，结果险些被老虎反噬。钱宁在一旁吓得簌簌发抖，江彬见状，奋不顾身地冲上前去营救，终于使武宗脱险，从此深得武宗宠信。江彬不仅"狡黠强狠"，"魁硕有力"，而且善于谄媚，没几年工夫，就后来居上，取代钱宁，成为武宗面前第一号大红人。

明武宗自称威武大将军，江彬则是威威副将军，是二把手，皇帝的左膀右臂。他恃宠擅权，受命统领四镇之军，提督赞画机密军务，后来又同时掌管东厂和锦衣卫，两家权力部门都在他手里，真可谓权倾天下，谁不忌惮？明武宗到处巡游，江彬导引，前后奔走，寻花渔色，不亦乐乎。到了南京，江彬经常向下需索，借此弄权，倾陷廷臣。连随他南下护卫武宗的边兵，也个个飞扬跋扈,强取豪夺,鱼肉市民,搞得天怒人怨。朝野正人君子,特别是南都的文武大臣,莫不恨之入骨,而慑于威权,往往敢怒而不敢言。

偌大一个南京城,敢于与江彬斗智斗勇的,只有参赞机务的御史乔宇(乔白岩)、应天府丞寇天叙和内守备王伟等寥寥几位,屈指可数。他们齐心协力,软磨硬碰,想尽办法对抗江彬。

这里只说乔白岩。

武宗南巡,身边的护卫军队是原来驻守边镇的边军。这些兵士大都来自西北,个子高,力气大,面对身材较小的南方士兵,神气活现,自我感觉极好。为了挫一挫北兵的锐气,乔白岩等人特地从南方士兵中精挑细选,选拔出一批身材短小却身手不凡者,与江彬手下的西北劲卒较量。这些南方兵士短小精悍,矫健灵活,不用蛮力,而是用巧力,比试下来,蛮顽的西北边兵反而落了下风。江彬吃了个教训,从此不敢小觑南方兵士。有一次,文武百官到行宫去朝拜明武宗时,南京国子司业景旸因为个子矮小,又大腹便便,腰弯不下来,江彬大声怒斥,要治他的失礼之罪,也幸亏乔白岩从旁婉言劝阻,算是保住了南都儒官的面子。

牛首山山灵夜吼的故事,当时流传极广,明代许多笔记写到,甚至载入了明代本地人盛时泰所撰的《牛首志》。明人孙应岳的《金陵选胜》说:"传武宗南巡,驻跸此山,江彬有异谋,山灵夜吼。"好像是山灵预知江彬图谋不轨,有心护驾。比较起来,南京本地人周晖在其《金陵琐事》中的说法,比较靠谱一些。

据周晖说,他的说法来自牛首山弘觉寺老僧万延。那天夜里,宿卫士兵多达数千人,挤满了牛首山,弘觉寺里挤不下,有位叫明智的僧人就睡到了殿前台基上,梦中翻身,滚落到地上,不觉大声惊叫起来。夜深人静,万籁寂阒,声音显得特别大,传得特别远,惊动了很多人,也惊动驻守附近的宿卫军士,事情就闹大了。

为了大事化小,减少那位僧人的罪责,乔白岩托词说是山灵夜吼,敷衍过去。但此事也就此传开了,越传越玄,有人说是寺僧做噩梦叫出声,有人说山灵吼了一整夜,过程不同,但曲终奏雅,最后都把账算到江彬头上。南京人对江彬恨之入骨,欲加之罪,何患无辞?况且,这种同仇敌忾的心理,从政治上说是完全正确的,不妨以讹传讹,将错就错。

回顾南京政治史,牛首山确实是一座有灵之山。早在东晋南渡之初,丞相王导站在建康城南门宣阳门之上,就曾指着南边牛首山的双峰,对极不自信的晋元帝说,那两座山峰,便是都城天然的双阙。那时,晋元帝仓皇南奔,刚刚抵达建康不久,城池宫室残破,公私窘迫,王导无奈,调动牛首山输诚相助,前来护驾。从此,牛首山多了一个政治身份——天阙山。

今天的牛首山，因为矿石开采的破坏，早就看不到当年的双阙了，可叹！

正德十五年（1520）的那个夏夜，又有了牛首山山灵夜吼的传说。从南京文化传统上说，这传说不仅可以有，而且必须有。

朱厚照导演作品

明朝有个"奇葩"皇帝,跟大唐则天皇后武曌颇有可比性。

只看正史本纪给他加戴的一顶顶高帽,完全看不出这个皇帝"奇葩"之美。这些高帽,随便拈出一顶,都够吓人的。不信请看:

承天达道、英肃睿哲、昭德显功、弘文思孝、毅皇帝

他的大名叫作朱厚照。这"厚"字拆开来,里面有个"日"字,再加上他姓"朱",那么,他的名字的意思,就是红太阳当头照,岂不是与则天皇后的尊讳(曌,日月当空)殊途同归?更巧的是,他的庙号还是"武",就是则天皇后的姓氏,这就显得更有缘分了。

这个"奇葩"皇帝就是明武宗。他又登场了。

明武宗是明孝宗的长子,不用拍他马屁的清代史官,也夸他"性聪颖,好骑射","好武勇",不愧是一代"武宗"。他喜欢亲自"提督坐营官操练",亲自执金鼓演练四镇兵卒,亲自冒

险远游。从正德十二年（1517）八月开始，他屡次微服出京，最初只是在较近的昌平、居庸关一带转转，后来越跑越远，一直到了张家口、大同。这一圈跑下来，花去几个月工夫，到了第二年正月，被迫无奈才回宫。

说被迫无奈，那是因为他碰上了太皇太后驾崩，不得不回宫处理丧事。等丧事处理完了，他再次离宫出行，这下走得更远，到了榆林、绥德、太原，流连忘返，乐不思"京"，恨不得一路走下去，直到"走遍祖国大地"。

有意思的是，他出行的时候，不喜欢以皇帝自居，而是自称"总督军务威武大将军总兵官朱寿"。后来，他又给自己加封，加上了镇国公、太师等头衔。这样加封晋爵，倒也不是毫无缘由。他是有军功的人。对外，他亲自部署，成功指挥了抗击蒙古军的"应州大捷"；对内，他一手翦除了炙手可热的宦官头子、司礼监掌印太监权刘瑾。就凭这两项功绩，这个"威武大将军"就不全是玩虚的。

当然，史官也说了：大多数时候，他的"武勇"，包括他在边境操练士卒，纵马驰骋，都是游戏而已，"非有实也"。要说游戏，他的瘾可大了。他收养了许多京师无赖及宦官，把他们当作义子，"一日而赐国姓者，百二十七人"。这游戏玩得不小，如果让他辩解，他可以说，此举也有政治意图，为的是培植亲信。从他一生的行事来看，他可以说能文能武，无愧于"武"

的庙号。正史称他"毅皇帝",也跟他敢作敢为、独断专行的性格对得上号。

说到能文,明武宗称得上是一位"才人天子",这不是说他有文艺范,拈花惹草有一套,而是说他真有文才。据《元明事类钞》卷四记载,武宗南巡之时,正赶上大学士靳贵的丧礼,词臣呈上撰写的祭文,都不能让他满意。他干脆亲自动手,御制一篇,出手不凡。其中有这样几句:

> 朕居东宫,先生为傅。朕登大宝,先生为辅。朕今南巡,先生已矣。

他跟靳贵关系好,也熟悉,下笔之时有感而发,自然写得深情动人。

这个"才人天子"甚至自称"解人朱厚照",恨不得当一回举子。他很自信,相信如果让他入闱考进士,必能高中。还好,他死得早,还没有玩到这一步。退一步说,他真要入闱的话,哪个主考敢不让他高中?

前人有诗云:"地下女郎多艳鬼,江南天子半才人。"明武宗本来是北方天子,但他的个性才华却更接近"江南天子",特别是有六朝气的江南天子。他的爱下江南,并且爱上南京,顺理成章,水到渠成。

爱冒险，也爱恣游，是才人，也是天子，这就是明武宗。武宗离宫外出恣游的原因，当然不像戏曲影视中说的那样简单。按《明史》的说法，根子其实是他的近侍宦官江彬。江彬怂恿武宗离开大内，是为了让他远离自己的争宠对手、另一个大宦官钱宁，便于自己专宠。于是，他用声色和自由来勾引武宗：宫里的日子真无奈，外面的世界真精彩。河山壮丽，足供驰骋；美女如云，任凭观赏；民间小调，悦耳动听。普天之下，莫非王土，何必局促在深宫之中，听大臣们喋喋不休的议论，受老祖宗繁文缛节的约束？

游历晋陕之地，饱览边地风光，明武宗意犹未尽，进而想游历江南。很多廷臣上疏谏争，他一概置之不理。再来劝谏，把他惹烦了，下狱的下狱，廷杖的廷杖，谁也浇不灭他的激情，谁也挡不住南游的宸驾。正德十四年（1519）六月，宁王朱宸濠造反，攻陷江西南康、九江等地。对明武宗来说，这不是坏事，而是好事，他正饥肠辘辘，天上就掉下一块大馅饼。他正愁找不到南游的理由，这下就名正言顺了。

这一年七月，皇帝亲自挂帅南征，带兵讨伐朱宸濠。没想到，宁王不经打，皇帝刚刚走到河北涿州，也就是说，刚离开京城不远，王守仁擒获宁王朱宸濠、平定叛乱的捷报就送来了。这明摆着是给皇帝添堵。如果公开这个消息，皇帝的南巡就要中止，于是，他封锁消息，车驾照常不急不慢地南行。说不急，因为十一月走到淮阴清江浦的时候，他居然还有闲情逸致去钓鱼，完全没有军情火急的样子。抵达南京的时候，已经是这一年的十二月。

在十六世纪初期的中国，武宗（1491—1521）与宁王朱宸濠（1479—1521）两人真心是一对冤家。他们是同时代人，是政治竞争对手，是老朱家的本家人。两人在这出历史喜剧中演对手戏，互相激发，益发精彩，不能同年生，正好同年死。周星驰和巩俐主演的《唐伯虎点秋香》，以无厘头的精彩幽默，把宁王朱宸濠的声名传播遐迩，让他的形象深入人心。而历史上的明武宗，则以不世的戏剧天才，让众看官眼镜跌落。

到南京后，武宗亲自导演了一幕"亲征宁王"的大戏。宁王被放出来，武宗亲自上阵，亲手擒获，圣天子大功告成，捷报传遍了大江南北。皇帝是总导演、总编剧，还兼任男一号，正方、反方各路角色倾情演出，这一出史无前例的大戏，取得了空前的成功。不知道这出大戏的演出场所在哪儿，要是能够确认的话，真应该立块石碑，为这部"朱厚照导演作品"留个纪念。

当大将军，做总兵官，当解人，做文人，武宗从不满足于空头名号，名号对他来说太容易了，唾手可得，要多少有多少，没有多大意义。他要实际的，动真格的，凡事都要亲身体验，自己实践一番。他的一生，是不折不扣的一部"朱厚照导演作品"。

这一位热衷DIY(do it yourself)的皇帝，细胞中洋溢着行动和艺术的激情。

可惜生不逢时。

"戏说"明武宗下江南

皇帝每个朝代都有,但说到"奇葩"皇帝,则各有各的"奇葩"。

明代是比较盛产"奇葩"皇帝的,最"奇葩"的一位,要算明武宗正德皇帝朱厚照吧。在民间传说和戏曲小说中,明武宗也被称为"正德爷"。这位"正德爷"最奇葩的经历就是他的下江南,而他在"江南"闹出最大响动的地方,就是在明王朝的南都南京。

黄梅戏《游龙戏凤》就是讲明武宗下江南的故事。戏中最有名的一段唱,就是"天女散花"那支曲子,脍炙人口,歌辞也早已耳熟能详:

> 鲜花开放满天庭,
> 万紫千红别有春。
> 采得鲜花下人世,
> 好分春色到凡尘。
> 国色天香世无伦,

百媚千娇画不成。

天上鲜花谁爱护,

不如来撒给有情人。

从这歌里可以听出来,老百姓对明武宗的南巡,尤其是对他"游龙戏凤"的风流行径,非但没有因其扰民而痛恨之,反而津津乐道。在他们眼中,明武宗纯粹是个风流天子,对他"采得鲜花下人世"之举,不以为耻,倒颇有点皇恩浩荡的荣幸感。

游龙戏凤故事的最初版本,是发生在北方的太原,与江南版颇有不同。北京当地有一段民间传说:明武宗改装出游,到了山西大同,爱上民间女子李凤,并将其带归。走到居庸关的时候,又见到一个绝色女子,喜新厌旧的明武宗抛弃了李凤。李凤在居庸关产下一子后死去,其坟上长满白草,故称"白凤冢"。还有人说这个儿子后来继位,就是嘉靖皇帝,当然是无稽之谈。

又名《游龙戏凤》的京剧《梅龙镇》,也属于北方版本的故事系统。其情节是这样的:明武宗皇帝改装出游,来到山西大同城的酒楼久盛楼,看中了酒楼老板李龙的妹妹叫作李凤姐的,并带其回京。李凤姐死后,皇帝赐酒楼名为"凤临阁",并赐封凤姐为"闲游戏耍宫"。赐名赐封,表面一套官样文章,实际上,这是民间的游戏,山寨色彩相当浓厚,当不得真。不过,从这里也可以看出，老百姓对明武宗虽有嬉笑，并未怒骂，总体上是理解、宽容的。

从黄梅戏《游龙戏凤》开始，故事的江南版本层出不穷，大有压倒北地之势。从戏曲到电影，到连续剧，翻拍加改编，添油又加醋，不一而足，直到今天，这个势头还没有停歇。

1959年，香港邵氏影业公司根据黄梅戏改编，拍摄成黄梅戏电影《江山美人》，由著名导演李翰祥导演。故事的背景已经改为江南。宫女们载歌载舞，嘴里唱的是"谁人不说江南好，好似仙境落凡尘"，"谁人不说江南好，江南女子最多情"，"谁人不说江南好，江南歌舞最风流"。这让明武宗大为好奇：江南究竟是个怎样的地方呢？侍读大臣告诉他："江南乃鱼米之乡，山明水秀，确是个好地方。秦淮河边，说不尽的旖旎风光，西子湖畔，道不尽的风流韵事。此中情味，绝不是生长在北方的人能够领略得到的。尤其是江南女子，个个冰肌玉肤，天姿国色，遍地皆是，就是乡下姑娘，也比这儿的庸脂俗粉强上千万倍呢。"这明武宗成天待在宫里，无聊至极，这一番话让他再也按捺不住南游之兴。秦淮河边的旖旎风光，被作为江南风光的代表，特别值得注意。

其实，明武宗与南京早有渊源。据《明史》记载，明武宗的皇后夏氏，是上元人，也就是今天的南京人。高攀一句，这明武宗也算是南京女婿。皇帝离宫外出，需要正当的理由，远行到江南,更是不同寻常,轻举妄动不得。明武宗下江南,现成就有一个摆得上台面的理由,就是陪皇后回南京娘家看看。武宗从来没有去过南京,也没有下过江南,若邀上皇后相陪,有人导览,也不失公私两便。

可惜,皇上只顾自己风流逍遥,若此行带上皇后,处处滞碍,纯粹是自寻烦恼,当然不宜以此理由作为幌子。为了弥补这一缺憾,电影中为他安排一个家住江南的侍卫周勇,同时安排陪同的小厮沈顺,也是苏州人氏。让这小厮姓沈,也许是联想到明代苏州富豪沈万三吧。

实际上,这部黄梅戏电影给观众的印象,是武宗皇帝并没有皇后,所以,"私伴圣上出游江南"的侍卫周勇,只担心太后怪罪下来,却丝毫不怕忤怒皇后。在黄梅戏中,凤姐最后被封为正宫娘娘,这种大团圆的结局,国人最是喜闻乐见。一方面,它为明武宗豁免了始乱终弃的道德罪名;另一方面,它又强化了江南之游风流旖旎的色彩,对得起南京,对得起江南。如果联想一下《明史》中武宗皇后原籍南京的记载,江南女子当皇后这件事,倒也可以说并非全然捕风捉影。

1959年,香港还是港英政府统治的时代。《江山美人》中,曲终奏雅的一段唱词是:

> 少年天子风流情,

> 不爱江山爱美人。
>
> 梅龙镇上留芳韵，
>
> 一个爱字唱永恒。

说正德爷"不爱江山爱美人"，其实并不准确。至少就他的主观愿望来讲，他是既"爱江山"又"爱美人"的。真正"不爱江山爱美人"的，是那个为了美国来的辛普森夫人而放弃英国王位的爱德华八世。这句对明武宗相当宽宏乃至拔高的评判，与其说有些时代错位，不如说泄露了那个时代香港电影特有的港英文化的氛围与韵味。

明武宗下江南，是个常编常新的戏剧故事，世俗喜闻乐见，香港影视界对这一故事尤其情有独钟。此中缘由，亦大值得寻味。1974年，郑少秋主演的TVB剧《江山美人》，还只有六集。到1997年，就发展成为三十七集大型古装武打剧《泣血江山》（又名《江山美人》）。2002年，刘镇伟执导电影《天下无双》，武宗下江南的故事走上了更加戏谑化的道路。张震扮演的明武宗正德皇帝与王菲扮演的御妹平安私到江南，在梅龙镇遇到梁朝伟扮演的小霸王和赵薇扮演的小霸王之妹凤姐。两对兄妹斗气斗武，结果碰出了爱情的火花。历史剧与偶像剧纠缠在一起，突出了偶像，消解了历史，没有正经，只有热闹。

2010年面世的电影《龙凤店》,则由小齐(任贤齐)与大S扮演,看这一小一大的主演名单,就知道搞笑色彩更加浓厚。此外,还有2004年出产的三十集连续剧《凤临阁》,贾一平饰朱厚照。2005年出产的四十集古装历史颠覆剧《正德演义》,则由何炅和陶飞霏主演,讲述明武宗朱厚照的一生。这些故事只求热闹,只求戏剧性,大多虚过于实,走到颠覆历史这一步,也是势所难免。美丽的江南游历,龙凤的浪漫邂逅,风流天子的深情执着,裹挟、涂饰着几代人的想象,大概是这个故事备受青睐的原因吧。

至于皇帝到南京干了些什么事,引起了怎么样的围观和轰动,就没有人关心了。

南京为苏东坡祝寿

照阴历来算,苏东坡(1037—1101)的生日就在腊月十九。

某年春晚,牛群、李立山说过一段相声,讽刺某些人借纪念中外古今的名人巧立名日,浪费公帑,胡吃海喝。很多古代名人确实值得纪念,当然,既不能像相声说的那么庸俗化,也不必如钱钟书先生说的,招些不三不四的人,花些不明不白的钱,说些不痛不痒的话。纪念古代名人的方式很多,比如为他们祝寿,也可以办成很有意义的活动,比如开纪念会,或者学术讨论会,吟诗作赋,弘扬传统,承继文脉,就不失为风雅之举。

从同治四年(1865)到同治十三年(1874),前后刚好十年。每年逢阴历十二月十九苏东坡生日那天,在

元代赵孟頫绘苏东坡像

南京朝天宫飞霞阁上，就有一批文人学士聚会，为宋代大文学家苏轼祝寿，时人称之为"寿苏会"。用今天的话说，就是举办祝贺苏轼诞辰多少周年的活动。一年一度，这个聚会成为当时南京城乃至江南地区的文坛盛事，传为风雅佳话。

"寿苏会"为什么会在这个时候出现？又为什么选在朝天宫的飞霞阁举行呢？原因不外三点：天时、地利、人和。

先说天时。

早在同治二年（1863），也就是清军收复江宁府（南京）前一年，在曾国藩幕中的几位文士学者，包括张文虎、孙衣言、周学濬等人，兵戎之馀，好整以暇，就在安庆举办了寿苏雅集。府主曾国藩得悉此事，大加赞赏，认为这是"承平气象"，是预示大清中兴的好兆头。果然，第二年六月，清军攻下南京。这无疑是一个历史性的事件，标志着清室中兴，从此天下承平，堪称历史的转折点，值得大肆庆祝。

于是，张文虎早早就与周学濬、李善兰等人约定，要在南京举办寿苏会，可惜，进入十二月中旬，连天阴雨，直到十八日还不见停，天公不作美，众人只好作罢。没有料到，十九日当天突然放晴，已取消的集会来不及重约，张文虎十分郁闷，只能自娱自乐，独自在斋中作诗。真正的飞霞阁"寿苏会"是从同治四年（1865）开始的。

再说地利。

今日飞霞阁

飞霞阁高踞于六朝胜迹冶山之上。这里地势高敞，登临望远，是难得的奇景，"钟阜群峰，窥窗排闼。朝烟霏青，夕霞酿紫，如置几席间"。居高临下，视野开阔，是飞霞阁得天独厚之处。遥想当年，王羲之与谢安等人也曾在此登高眺望，谢安悠然远想，有高世之志。乾隆皇帝南巡，五次来到朝天宫，题诗五首，刻石树碑，这御碑亭就立在飞霞阁之侧。苍茫的东晋南朝人物，举目可见的本朝遗迹，在在令人怀想，发思古之幽情。

三说人和。

飞霞阁是金陵书局的所在。金陵书局始建于同治三年（1864年），初设于安庆。是年六月，曾国藩率军收复江宁之后，书局就迁至金陵，最初设于铁作坊（太平天国慕王府），很快就迁到朝天宫江宁府学的飞霞阁。

金陵书局是近代著名的官书局，大乱之后，百废待兴，恢复文化，是当务之急。当此之时，书局致力于刊印经史书籍和诗文集，善本精校，对近代书籍流通和文化传播功劳不小。曾国藩为书局罗致了不少优秀学者，东南才隽，济济一堂。同治九年（1870），孙衣言、薛时雨二人移居飞霞阁，更为招集聚会提供了方便。书局中人与本地文士学者的交往，使满目疮痍、元气大伤的南京城渐渐恢复了往昔浓郁的文化氛围。

参加飞霞阁"寿苏会"的核心人物，大多数是当时供职曾国藩幕府，尤其是金陵书局的人，包括张文虎、孙衣言、周学潘、李善兰、唐仁寿、钱应溥等人。也有一些是南京本地人,包括江宁举人汪士铎(后来亦被延揽入金陵书局)和江宁府学教授赵彦修。江宁府学近在咫尺,府学教授赵彦修参与雅集,再方便不过。

寿苏雅集,参与者有时多达十五人。事先要张挂苏东坡的画像,陈设疏果,拜祭之后,各自赋诗纪事。这样的集会,实际上是跨越时间限制,仰望先贤,与苏东坡展开精神交流,聊补"怅望千秋一洒泪,萧条异代不同时"的遗憾。有时,集会中人也把诗作寄给身在外地的同道,突破空间阻隔,与同道共享雅集的快乐。总之,形式多样,别开生面。

"胜地不常,盛筵难再。"不知道是文献失载,还是其他什么原因,同治八年十二月十九那天是否照例举办寿苏会,还不能确定。从光绪元年起,寿苏会似乎就中断了。直到光绪十二年(1886)、光绪二十四年(1898),才又有了两次寿苏会。不过,这两次雅集的主角,主要是南京本地的文人学士,包括陈作霖、司马湘、梅寿康、顾云、秦际唐、何延庆等人。有一次是在薛庐(薛时雨旧宅)集会,其意不仅寿苏,而且兼怀刚刚辞世的薛时雨(1818—1885)。

前几年,南京大学文学院有位硕士生,曾以《清代寿苏会研究》为题,做了一篇学位论文,为百年前的这段佳话再续胜缘,值得在此记上一笔。

浩劫后的那场江南乡试

清代江南省（后来分为江苏、安徽两省）的考生，都要赶赴南京考举人。这一级考试，俗称江南乡试，照例每三年举行一次，固定在逢子、午、卯、酉的年份。考试地点在江南贡院，时间固定在每年仲秋八月，秋季九月发榜，所以称为"秋闱"（"闱"是考场的意思）。这是雷打不动事，除非有特别情况，不会变动。例如，道光二十九年（1849）六月，大雨之后，江南贡院水深数尺，乡试破例推迟到九月举行。虽然晚了一个月，但论季节，还可以算是秋闱。

咸丰三年（1853）二月，太平军攻占南京，并改名为天京，且定都于此，到同治三年（1864）败亡，太平天国占据南京十一年。这期间原本要举行的三场江南乡试，自然都停掉了。江南士子不仅遭逢离乱之苦，而且科举之路突然断绝，精神上也很苦闷。咸丰九年（1859）那次恩科考试，被迫借用在杭州的浙闱考场。烽火遍地，道路阻绝，很多士子没有能够参加。这是就清朝方面说的。

就太平天国来说，这十一年间，为了招徕人才、收买人心，

贡院放榜图

也搞起各种层级的科举考试。在南京举行的考试叫京试,级别最高,其中又分为天试、东试、北试、翼试,分别由天王洪秀全、东王杨秀清、北王韦昌辉、翼王石达开主持,一年一次,考期设定在各王的生日。四场考试彼此不相统属,各自产生状元、榜眼和探花,不分高低。看这架势,摆明是四王各自抡才,用意不错,却有些乱。这表明太平天国定都天京初期,还有一点"集体领导"的样子。如果当时南王冯云山和西王萧朝贵在世,估计还会有南试和西试,算下来,一年就有六场考试。

清朝的状元,三年才出一个。太平天国一年就出四个,是清朝的十二倍,数量激增,"通货膨胀",状元的身价自然随之大跌。实际上,大多数读书人对天国科举并不买账,报考人数不多，有些人还是被强制进场的。"强扭的瓜不甜"，太平天国的状元乏善可陈，也就不奇怪了。不久，就发生了天京事变，诸王内讧，东王、北王被杀，翼王出走，四场京试只剩下天试一场。后来，洪秀全又将一年一试改为三年一试，最终与清朝殊途同归，也是迫于情势，不得已而为之。

同治三年六月（1864年7月），清军攻克南京，苏州、常州等地也相继收复。大乱平定之后，百废待兴，其中最重要的一件事，便是恢复乡试。这一方面可以"鸠集流亡"，稳定社会局面，另一方面，也是更重要的，是收拾人心，安抚江南读书人，重新振作江南士气。可是，时间仓促，要在八月举行乡试根本来不及。于是，时任两江总督的曾国藩就奏请将考试改在仲冬十一月举行。时任江苏巡抚李鸿章亲自入闱监考，可以说郑重至极。一般的江南乡试都是秋闱，只有这一科江南乡试是冬闱，史无前例。

停了三科，相隔十一年之后，新一科乡试终于开张了（经历"文革"十年，1977年的恢复高考，几乎是这段历史的重演）。对于饱受兵燹之苦的江南士子来说，这无疑是一条大好消息，让人喜出望外。劫后馀生，能够重进科场，已是不幸中的大幸；能够考中，更是万分的侥幸；至于名列前茅的人，绝对是"人品"总爆发，福至心灵，那真要谢天谢地了。

说来也巧，这一科取中的解元，是甘泉（今属扬州）人江璧。这个名字起得好,照字面解释,恰好就是江南肃清、长江流域完璧归"清"的意思,明显是个好兆头。他的字叫作"南春",和姓连在一起,就是"江南春",也很吉祥。也许,冥冥之中,他的名和字都帮了大忙。好运来了,挡都挡不住。江璧中举那年已经年过半百,可见已经在科场蹉跎多年。第二年,他一举考中进士,随后就以知县分发江西,历任万载、进贤知县。六十岁告老还乡后,他曾出任江宁钟山书院讲习,与南京再次结缘。算起来,南京是他的人生福地,也该有所回报才是。

吴大澂画

那一科取中第三名的是吴大澂,"澂"就是"澄",这个名字也好,很应景:恰好表示三吴澄清,再稍微"脑补"一下,河清海晏、天下太平、大清中兴等一系列好话头次第扑面而来,喜气洋溢。主考官刘琨将此事说给曾国藩,两人都很高兴,不免额手称庆。

吴大澂后来的名气比江璧更大,成为晚清著名学者,在金石书画艺术上成就甚高,可叹的是,他的考运没有江璧那么好,同治四年(1865)会试,他名落孙山,到了下一科的同治七年(1868),他才考中进士,真正步入仕途。

访碑作为一种生活方式

光绪十五年（1889），四十一岁的叶昌炽终于考中进士，并且多年积攒的人品大爆发，"得不次点用"，点为翰林院庶吉士，真是春风得意。这年七月底，他即束装南归，八月二十日抵家。九月初，缪荃孙来访，跟他大谈古籍碑拓情况，特别提到他最近很得意的一件事，是在江宁买到不少原属山东文登于氏的藏书，其中颇有旧钞珍本，把爱书成癖的叶昌炽听得心痒痒的。几天后，叶昌炽又在苏州汉贞阁买到《明征君碑》的一份拓本，这块在江南难得一见的唐碑，至今仍树立于南京栖霞寺门前。这似乎是一个兆头，更激起了他到南京访碑的念头。

十月中，他坐上轮船，经上海赴江阴，先到江阴南菁书院拜访缪荃孙前辈，畅谈一通，然后从江阴乘江轮赴南京。行程中出了一点小意外：叶昌炽从江阴对岸的靖江上船，没走多久，就感染风寒，身体打起寒战。仆人看他病情蛮重，劝他在镇江上岸，就地休息了两天，然后再雇一艘民船溯江而上，经过四天行程，才到达南京。他走的是水路，由三汊河入秦淮河，到水西门上岸。仆人帮他携行李进城，在评事街的广聚客栈住下来。那时已到了十月底了。

十一月二日,他出仪凤门游览,"一路松阴竹径,菜圃芋区,殊饶野趣,中途至静海寺小憩,夜读士礼居藏书题跋"。不看这晚上的读书功课,几乎要让人忘记他此行的真正目的。初五日早晨,他骑驴往访时任本地教谕的张颂穆,顺道到夫子庙状元境看书。可惜帖肆浏览一圈下来,没有发现什么特别喜欢的。只有一家店里有朱拓经幢两种,还有茅山石刻三四种,但要价太高,都没有买。

午饭后,张颂穆陪他同出水西门,去游览莫愁湖。这是他的旧游之地,十馀年前,叶昌炽曾到过南京两次,这次重来,不免感叹:"湖山如旧,而游客鬓毛斑矣。"

十馀年前那两次南京之行,都是来参加乡试。第一次是在光绪元年乙亥(1875),这一年是恩科,他七月末到南京,八月份考完就回苏州,走的也是水路,也从水西门进城,住在白酒坊。三场考试之外,他买了几本书,还与三五同好游玄武湖、鼓楼、莫愁湖等地,不幸的是,九月发榜,他名落孙山。

第二年是丙子(1876),他卷土重来。考试之馀,也照样访友购书,还抽空游览了幕府山和燕子矶。燕子矶有十二洞,同行友人中有脚力好的,也只来得及登临三洞,叶昌炽则素来体弱,一个洞也没有登,回来之后写了两首题为《登幕府山》的五律,聊为记游,今天在《叶昌炽诗集》中还能读到这两首诗。这

《明征君碑》刻石局部

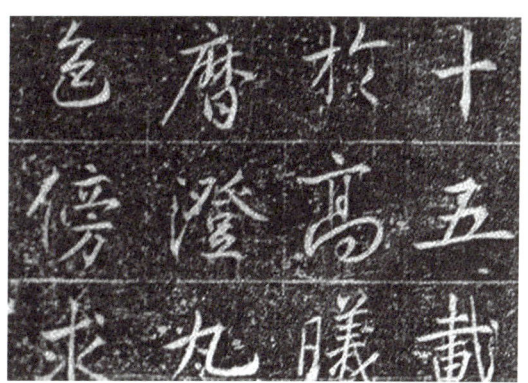

《明征君碑》拓本局部

次从苏州到南京,往返花了三十四天。功夫不负有心人,才入九月没几天,就有消息传来,他考中举人了。只考了两次就中举,他在南京的运气还是不错的。

买书或者收拓本,需要好心情,更需要好运气。第二天,也就是十一月初六,他咬咬牙,还是把在状元境看到的经幢朱拓两通和墨拓一通买下来了。经幢是叶昌炽金石收藏的重点,这三通经幢拓本上都没有姓名和年月,并不特别珍贵,只有一个经幢上写有"栖霞寺僧"的字样,估计是出自南京的,至少对此行有纪念价值,用他自己的话说,就是"行箧得此,聊足解嘲矣"。

除了访书、收碑拓,叶昌炽此行的目的之一是来拜访他中举时的房师陆元鼎(1839—1910)。那年考举人,若不是陆元鼎看中了他的卷子,向主考官推荐,哪里可能有他今日的中进士、点翰林呢?照传统说法,叶昌炽算出自陆元鼎门下。元鼎字春江,元和(今属苏州)人,这时正在江宁知县任上。叶昌炽到县廨拜见房师,当然要感谢当日栽培之恩。在府中,他还见到了陆元鼎之子陆鱼堂秀才。1908 年,当陆元鼎七十岁时,叶昌炽作《陆春江师七十寿诗》一首,计五十韵,即全篇一百句,可谓煞费苦心,绞尽脑汁。诗中"卣瓒黄中协,圭璋白下抡。小才惭脱颖,大雅仗扶轮"诸句,表达的就是对陆氏拔擢的感恩。

要访碑,就要先了解此地金石碑刻的概况,离不开当地的方志，尤其是金石志。初八那一天，叶昌炽从陆鱼堂那里借来《江宁府志》，细细阅读其中的金石艺文志部分。他感觉，《江宁府志》编得很好，著录石刻，存佚分明，条理清楚，甚至超过他的家乡、同样人文荟萃的苏州。

慢慢地，新进士叶昌炽来宁访碑的消息，便传开来了。初十日，夫子庙帖肆知道他对碑帖有兴趣，尤其是对南京石刻情有独钟，送来梁碑以及有关南京的唐宋石刻求售。叶昌炽一一收入囊中，收获颇丰。第二天，他就与陆元鼎告别，先移住至下关，次日午刻乘太古洋行的上海轮船，经上海转往杭州，继续他的访碑之行。

渔樵旧侣知相忆

浙江山阴（今绍兴）俞明震和江西修水陈三立是清末民初的两位名人。陈、俞两家是姻亲，陈三立娶俞明震之妹俞明诗为妻，俞明震算是陈三立的大舅子。从晚清到现代，从政坛、文坛到学界，陈、俞两家都是闻名遐迩的世家，人才济济。王伯沆与这两家往来甚多，结缘很深。

王伯沆与俞明震、陈三立二人相识，可能是通过邻居兼好友王德楷的介绍。王德楷（1866—1927），字木斋，室名娱生轩，上元人，著有《娱生轩词》，与王伯沆比邻而居，王伯沆兄事之，二人交情甚深。木斋先生曾游幕于湘赣等地，与文廷式、梁鼎芬、陈三立、俞明震等人相知。这几位海内名士看到王伯沆的诗词作品之后，都十分佩服，折节下交。

清光绪二十四年（1898），南京江南陆师学堂开办，后又附设矿路学堂。学堂的旧址在今察哈尔路一带，部分位于南师附中校园之内。不久，俞明震就到南京担任学堂总办，王伯沆被聘为教习。这可能是王伯沆自尊经书院肄业之后的第一份教师工作。

光绪二十六年至二十七年（1900—1901）间，陈三立从江西南昌移居南京，定居于头条巷后，即开办家塾，聘请名师课子。精于经史诗词的王伯沆、精于史学目录的柳诒徵、精于书画艺术的萧俊贤等名家，都先后被陈家聘为教师。除了长子陈师曾年岁与王伯沆相近，可以平辈相处之外，陈三立之子陈隆恪、陈寅恪兄弟等人都受教于伯沆先生。陈寅恪后来成为国学大师，其深厚的国学基础之中也倾注着伯沆先生的心血。成年之后，陈寅恪回宁探望父母，也去看望老师王伯沆先生。恰逢王伯沆在生病，"盘中无苜蓿，日日菠薐钉"。陈寅恪看到盘中的菠薐菜，也就是通常所说的菠菜，安慰老师说，此菜与病相宜。但在诗句的字里行间，透出的是对老师贫寒境况的同情。

清末，南京一地聚集了不少名士，登临览胜，吟诗唱和，王伯沆也参与其中。他的诗稿中，有一篇题为《初夏偕友登扫叶楼，颇感旧游，晚循冶城至图书馆小饮，因赋三首》，"山尊数群彦，今日复谁同？"诗中所谓"偕友"，所谓"群彦"，据他的自注，指的就是陈三立（伯严）、俞觚斋（俞明震）、刘幼云（廷琛）、胡漱唐（思敬）、陈苍虬（曾寿）等人，都是当时赫赫有名的诗家名士。

俞明震和陈三立都好诗成癖。王伯沆与陈三立及三立长子陈师曾之间经常谈诗论画，同游唱和。1910年，元宵节前一天，陈三立邀请王伯沆同游半山亭，王伯沆作有《玲珑四犯》词

陈师曾为王伯沆所治印"冬饮庐"

一首。1919年秋，王伯沆到北平，陈师曾陪他畅游西山潭柘寺等地。陈三立也常书写自作诗稿，赠给王伯沆，请其吟正。王伯沆先生去世后，由他的女婿周法高编纂的《近代学人手迹·初集》中，就收有两件。

癸丑年（1913）五月十三日，陈三立和陈仁先、俞明震（恪士）、寿丞兄弟等人同游镇江焦山寺，也约了王伯沆。伯沆先生因有他事，第二天才从南京赶去，他们一起在焦山松寥阁住了三天。松寥阁是焦山名胜之一，元明清诗人多有诗咏之。他们此行也留下不少诗作。王伯沆所作就有五首，其中有两句提到陈、俞二人："散原脚不袜，冥对天星寒。觚斋澹淡人，感叹在云端。"在他的笔下，陈三立（散原）是一副诗人派头，俞明震虽然散淡，但也有很多感慨。其中一个感慨，可能是王伯沆在这首诗注中提到的："觚斋久有甘露、竹林之约，是日又未果。"原来，俞明震很早就希望他们能一起游览镇江甘露寺和竹林景区，可惜，这次还是未能如愿。

这次出游，陈三立也作了诗，题为《癸丑五月十三日至焦山，同游为陈仁先、黄同武、胡瘦唐、俞恪士、寿丞兄弟，越二日王伯沆亦自金陵来会，凡三宿而去》。根据陈三立的自注，我们才知道，这次镇江之行，与俞明震很有关系。因为"镇江驻旅将校，多往时恪士主南京陆师学堂肄业生"，昔日的校长来了，老门生们当然会提供一些方便。此行特邀王伯沆，也很好理解，那是因为王伯沆曾在南京陆师学堂教过书。

王伯沆住在门东边营，屋后园圃里种有各色花木，其中有两本牡丹佳种，是俞明震所赠，最为名贵。为了答谢老友的这番盛情，王伯沆以手抄《陈简斋诗》回赠。王伯沆最后一次见到俞明震，是1918年10月，在上海，不意这一年岁末，俞氏就溘然长逝。王伯沆作挽诗七律《挽觚庵》二首，深致"渔樵旧侣"的哀悼：

兀兀高斋梦不回，
冲风飘泪几人来。
生疑语鹤依桥冷，
精似丸蜣付世猜。
接席湖光侵病骨，
盘云诗思夺天胎。
渔樵旧侣知相忆，
岁晏空波起百哀。

自有馀酸未退胸，

陈三立(中立老者)与家人合影,右一为陈寅恪。

垫巾孤似郭林宗。

把君乳酪三旬别,

夸我西湖百态浓。(十月于沪上犹以为言)

江海照人鸥梦散,

图书惊眼蠹尘封。

青溪又是梅花发,

忍挂霜镡吊冷踪。

诗的最后一句,用的是挂剑空陇的典故,表达的是默契的知交之谊。

1931年农历四月,陈三立第五子陈登恪从九江给王伯沆寄来一册《匡庐山居诗》,那是陈三立近作诗集。王伯沆读后有这样的评论:"集中诗,以七言律及七言绝为最佳,格老而韵远,甚不易到,古体犹为本色,精力稍逊矣。"看来,他更喜欢的是老友的律绝。

不幸的是,1937年,陈三立在北平去世。几个月过后,在与吴梅唱和的《除夕》诗中,王伯沆还伤心地提到这件事,"老友惊心成宿草",对年近古稀、中风之后又不良于行的诗人来说,这是个不堪承受的巨大打击。

两江总督怎样办教育

清代南京地面上最大的官,要算两江总督。清朝二百多年,把历任两江总督列出来,那可是一长串名字。有些人任职时间长,甚至一再连任,有些人任职时间短,昙花一现。职位一样高,结局却不大一样。有的人走茶凉,湮没无闻;有的名标史册,常常被人提起。

常被人提起的,又分两种。一种是昏庸无能,误国误民,比如咸丰初年的陆建瀛,太平军顺江东下之时,他守土有责,却张皇失措,一误再误,致使城池失守,万千百姓遭受池鱼之殃。最后,他自己也死在太平军手里。虽然他因此而名列南京先贤祠,但南京人却不买账,甚至怒不可遏,认定他不配。另一种则比较有为,在地方上做了一些实事,有的还平易近人,给老百姓留下好印象,比如周馥。

周馥(1837—1921),字玉山,号兰溪,安徽东至人。太平天国乱起,他投笔从戎,从淮军最基层的文书做起,深受李鸿章赏识,一路扶摇直上。1904年9月,周馥署理两江总督,兼任南洋大臣,1906年7月调离。前后算起来,他担任两江总督

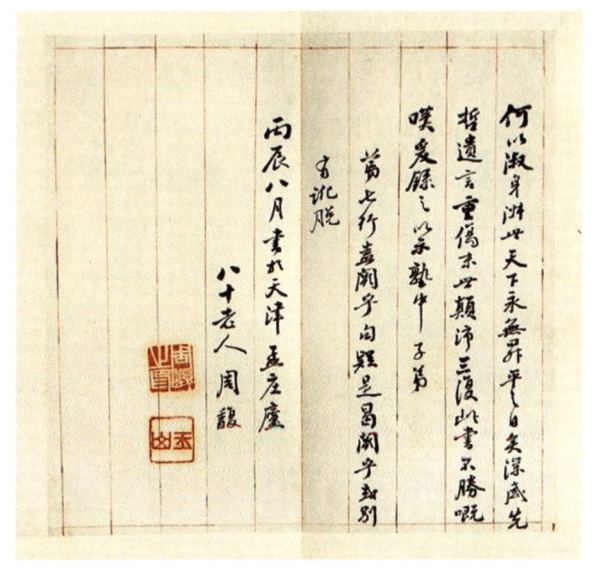

周馥书札手迹

的时间还不足两年。不过,当时在南京的读书人却对他有不错的印象。我举两个人为例。

一个是张葆亨,字通之,六合人,毕业于宁属初级师范学堂,算是本地出身的旧式文士。据他在《庠校怀旧录》中回忆,当时他的同学中,有一位叫作金开鉴的,也是南京本地人。那时新旧学制交替,学生背景颇不相同,岁数也参差不齐。在全班同学中,金同学年岁最大,又因为留了胡须,更显老成。不过,他非常勤学,比他年轻的同学都自叹不如。某年暑假后开学，两江总督周玉山来学校训话，了解到金开鉴的情况，对他称赞有加："你这么大岁数，还愿意追求新学识，真不易得。"总督并且回过头来，交代跟在身边的校长李瑞清说："这个学生毕业后，可以马上派事给他做，并且要多给俸金，以资鼓励。"

这件事最有可能发生在1904年秋天，因为新总督到学校来训话，照例应在到任之时。若不然，也有可能是在1905年秋天。年纪最长而又留了胡须的人，在人群中比较显眼。最重要的还是那时学生不多，总督大人垂询这样的场面才会出现。不过，金开鉴毕业后并没有到官府做事，而是当了一名小学"老"师，工作勤劳，一如既往。这样看来，周总督似乎只是开了一张空头支票，但这毕竟表达了他对好学之士的关怀，给他留下了爱才惜士的好名声。

无独有偶。张通之这番回忆，与周作人的印象恰相吻合。后来成为著名新文学作家的周作人是浙江绍兴人，从1901年到1906年，他在南京城北下关的江南水师学堂读书。他晚年写过一篇《周玉山的印象》，后来收入《知堂集外文》，讲到他见周馥的经过——

> 有一天大概是次年二三月光景，学堂派人来叫去见制台去。其时两江总督是周馥，有事到城北，顺便来看学堂，又记起留校的两个学生，要叫来一看。周玉山站在体操场

上，穿了棉袍马褂，棉鞋也很朴素，像是一个教书先生模样，看见我们便问什么代数几何三角都学过了么，答说学过了，又问了些话之后，即云那很好，回过头去吩咐道，给他们一个局子办吧。在他后边跟着好些官，大概是藩臬府县之类吧，却都答应道："是！"吴君同我回答说不愿去办局子，请大帅还是派我们出去改学别的东西，他略一思索，便道："那么去学造房子也好。"我们谢了他的好意，实在那一天他给予我们一个很好的印象，可以说在五十年中所见新旧官吏中没有一个及得他来的，并不因为他叫我们办局子，乃是为了他的朴素诚恳的态度，不忘记我们两个留校的学生，这在刘坤一张之洞魏光焘大概是不会得有的。

周作人晚年写《知堂回想录》，也有类似的回忆。相隔几十年，这件事依然记忆犹新，清晰、具体，可见已深深铭刻于周作人的脑海之中。这件事发生在1906年春天，周作人在江南水师学堂已经学了五年，这一年就要毕业，前途未卜之时，恰好碰到顺便来巡视的总督，人生轨迹因此而改变。周馥答应让这两个年轻学生去"办局子"，就是安排个单位，让他们进体制，这是他的慷慨和爱才。没料到，两个毛头小伙子非但不领情，还自作主张，要出国去"改学别的东西"，周馥也尊重他们的想法，这是他的开明和通达。七十岁的总督，穿着就像一个老教书先生，言谈举止之间，颇有"朴素诚恳的态度"。若非看准这一点，这两个年轻学生，谅也不敢得陇望蜀吧。

总督又称"制台""制军"，因其掌管军民要政，"综制文武"，位高权重。刘坤一、张之洞、魏光焘，就是在周馥之前的三任两江总督，他们先后接力，在南京办起了三江师范学堂。1905年，在周馥任内，三江师范学堂改名两江师范学堂。论办学，这四位皆有功绩，论平易近人，与时俱进，周馥要胜出多多。若跟陆建瀛比，他的才干更不知强上多少倍。

诗意的韭菜

韭菜与南京早有文化之缘。南朝诗人沈约了却公家事馀,偶有闲情逸致,察看自家的菜园,但见:

> 寒瓜方卧垅,秋菰亦满陂。
> 紫茄纷烂漫,绿芋郁参差。
> 初菘向堪把,时韭日离离。
> 高梨有繁实,何减万年枝。
> 荒渠集野雁,安用昆明池?

——《行园》

沈家菜园子中的韭菜,绿油油的一片,就像白居易诗里的"原上草","野薐剪不尽,春风吹又生"。韭菜之有诗意,不单因为它色绿过人,香味浓烈,还因为它有一种山野品格。这一点原无须多说,不过,它能够从众多山肴野薐中脱颖而出,还多亏南朝著名隐士周颙(彦伦)的现身说法,并借重当世两大名流(卫将军王俭和文惠太子萧长懋)"同台献演",才显著加

强了"代言"的效果。这是《南齐书》卷四十一为这位隐士作传时记下来的:

> (颙)清贫寡欲,终日长蔬食,虽有妻子,独处山舍。卫将军王俭谓颙曰:"卿山中何所食?"颙曰:"赤米白盐,绿葵紫蓼。"文惠太子问颙:"菜食何味最胜?"颙曰:"春初早韭,秋末晚菘。"

从修辞上看,周彦伦先生的两句答话说得很漂亮,色彩缤纷,平仄谐调,富有美感。从人生来看,这自然是隐士典型的生活方式。戒荤并且戒色,清苦兼之清静,只有韭菜,可以给隐士带来丝许色香味的慰藉。

N年之后,当卫八招待老朋友杜甫时,也就自然而然地想到"夜雨剪春韭"了。老杜向来不打诳语,我相信那顿晚餐菜肴中,是有春韭这一味的。"春初早韭"鲜嫩欲滴,炒个鸡蛋什么的,既家常,又应急,还是一道不错的下酒菜。这句诗可以理解作写实,也可以理解为用典。要知道,卫八的身份正是一位处士,山野之人,自当以山野之味待客,这才合题。

自此以后,诗人与韭菜就发展出深远的缘分了。早些年,读张慧剑《辰子说林》,有"韭菜"一条,说的是陈散原(三立)先生的轶事:

民国二十三年，先生腰脚尚健，曾归金陵小住，有以轻车载之往游陵园者，出中山门，见道旁秧田成簇，丰腴翠美，先生顾而乐之，语其车中同伴曰："南京真是好地方，连韭菜也长得这样齐整！"闻者大噱，以为先生故作谐语，而先生穆然，盖真"不辨菽麦"也。其心地浑厚质朴如此。

这样的段子，在"评法批儒"那个时代，便是"四体不勤，五谷不分"的最好例子，用来批判儒生之无知、无能、无用，再合适不过了。陈散原先生是真的"不辨菽麦"，还是随口开玩笑，张慧剑兜了一圈，最后似乎倾向于前者，但他由此得出散原"心地浑厚质朴"的结论，却反过来证明了，真正"心地浑厚质朴"的其实是张慧剑本人。这位曾经主编过南京《朝报》《南京人报》的南京人（祖籍安徽石台），对于流寓南京的名贤陈三立的八卦轶事，肯定情有独钟，但这段八卦是他亲见还是耳闻，不能确知。能确知的只有他应该是认得韭菜的。

近日偶翻《散原精舍诗文集》，开卷未久，就碰到一首《见道旁菜畦春意盎然口占》：

韭甲菘苗纵复横，
清渠倒引白虹明。

游人指取春深处,

恰有晴鸠一片声。

不必多说,这游人非是别位,就是诗家陈散原本尊;也不必多说,在"韭甲菘苗"的背后,还有周彦伦话语遥远的回声。我要说的是个人的一种猜想:《辰子说林》中的那个段子,也许是从这首诗生发出来,然后以讹传讹。手头没有《陈三立年谱长编》,不知是否将这首诗系于民国二十三年(1934)?

不过,《说林》之类的记叙,实不必如此较真,否则或许会煞风景。当诗人驱车而过,看着道旁"丰腴肥美"的绿色,于是心为物动,至于此物是韭是麦,其实并不重要。就我个人来说,我更愿意相信那就是韭菜,倒不是诗中明确写到"韭甲",也不是有心为散原先生护"短",而是觉得,这样可以为南京韭菜增添一个掌故。

南京的酒和酒令

说到酒,南京是有传统的。我在《旧时燕》中写过一篇《百斛金陵》,谈的是南京本地的酒史,只是三五笔勾画而已。后来又写过一篇《美酒生涯》,专门讲黄季刚先生的酒事。在《黄侃日记》中,黄先生现身说法,他那些"花天酒地"的日子,大多数是在南京度过的。杜牧诗曰:"借问酒家何处有,牧童遥指杏花村。"有一种广为流行的说法,这杏花村就在南京,说具体一点,是在集庆门内,愚园左近,阮籍衣冠冢离此不远。这类事情大多虚虚实实,事出有因,查无实据,犯不着去考辨。明清时代,南京人对杏花村和阮籍冢津津乐道,不管疑或信,也不管是否着边际,若从酒文化传统上考究,已经有足够多的理由了。

"晋贤阮籍之墓",在集庆门内、凤凰台边,花露北岗21号,今南京市第四十三中学校园内。可惜,阮籍从未到过南京,这最多是他的衣冠冢吧。

爱酒的人,应该也爱南京,至少南京人是这么觉得的。否则,南京人不会那样热情,非要把阮籍的衣冠冢留在这里;否则,李白也不会说,"瓮中百斛金陵春"。李白对南京的感情,有

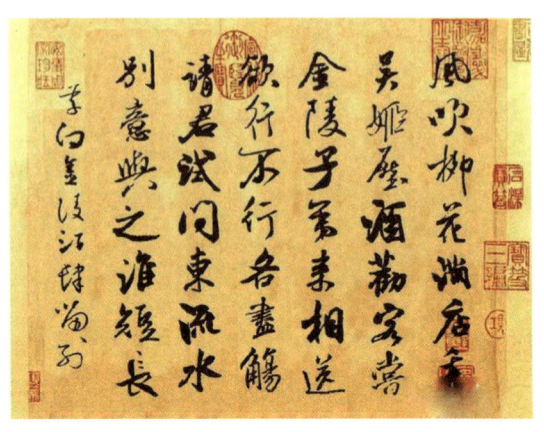

李白金陵酒诗之一——《金陵酒肆留别》

很多酒兴酣畅的诗为证,这里且不细说。

历代的流寓客和本地人士,好酒者比比皆是。明代南京好酒的人很多,内中最多的是文人。大凡南京的文人,久住六朝古都,多少都沾染一点六朝气,有六朝气的人,怎么可能不爱酒呢?明代著名文士顾起元就是一例。顾起元酒量不大,酒兴蛮高。他在《客座赘语》中,曾兴致勃勃地提到明代后期本地酒的各种名目,顺带评点了各地酒的优劣短长。

直到清代,南京也还有几种土产的酒,甘熙《白下琐言》中说到过,也算小有名气。比如孝陵卫出产烧酒,那地方有酒行,专司卖酒,每天清晨驮进城里来卖。从明初开始,孝陵卫就是驻军的地方,住的是替朱元璋看守坟墓的一班大兵,不缺买酒的客户。入清，明故宫成了八旗的驻防营。烧酒的生意，只要靠近兵营，就比较好做，你懂的。估计烧酒经中山门驮入城，过不了明故宫，就差不多被抢购一空了。

烧酒的度数，有高有低，质量也参差不齐，比较差一点的，叫作"大麦冲"。顾名而思义，这属于比较烈性的，今日很多乡下还有地瓜烧之类的土酒，与此庶几类似。

寻常村舍人家，冬天来了，用糯米酿一种甜酒，叫作"封缸酒"。这种酒南京有，江南各地也常见，风味自然有点小区别，共同点是甜腻腻的，好下口，可是颇有后劲儿。一般人不提防，在桌上放开了喝，出了门，风吹上脸，很容易出状况。这种酒因此得了个俗名，叫作"迎风倒"。

还有一种是锅粑（巴）酒，用锅巴酿造，颜色沉黑，不中看，喝起来，却别有一种醇美的香味，与即墨老酒有一比。更妙的是，这种酒能"健脾理胃，不可多得"。今人以杨梅泡白酒，号称也有类似功效，可是味儿太冲，拿给不喝白酒的人，就觉得不对路。

显然，甘熙是个爱酒的人，这几种酒，他都赏鉴过，所以说得头头是道，口舌生津。最难得的是，他家珍藏了一瓮祖传锅巴酒，据说已有三十多年酒龄。这样珍贵的酒，不知道最后喝到谁肚子里了。要我说，这样的酒，要一点一滴地品味：那不是酒，那是沉淀的时光啊。

《白下琐言》卷四还记载了一段酒令，当时正在民间流传，大概也是甘熙时常挂在嘴上的。此令颇有本地特色，不俗，值得抄下来，"奇文共欣赏"：

> 上元节醵饮，有以七县名为令曰："上元佳节，有酒自斟，举杯高淳，饮尽江浦。句容溧水，无滴江宁，六合同春。"左手执杯，右手执壶，读至第二句，酒自斟满，举杯高过口唇，一饮而尽，再读三四句，覆杯在手，勿令点滴，遂全读之，循序而行，悉如其仪。否则罚以巨觥。此令意新语切，以视列坐喧哓，醉而及乱者，有静躁之别。

从末一句来看，这酒令是流行于文士圈内的。上元、高淳、江浦、句容、溧水、江宁、六合，从今天的行政区划来看，这七个县中，只有句容不属于南京，其他都还在南京境内。把七个县名组织起来，编成一段酒令，说容易也容易，说难也难，最妙的是应景。

这样的酒令，应该引介到今日南京的酒桌上，古为今用。即使有外乡客人在场，也无妨一用，主要是炒热气氛，顺带还可以普及一下南京的行政区划知识。可惜，关于如何行令，甘熙说得不够清楚。没有关系，一杯在手，灵感泉涌，正好各显神通，与时俱进，推新出新。

第三辑 旧迹郁苍苍

"晋代衣冠成古丘"猜想

南京号称六朝古都，自然有很多六朝古寺。有的香火延续一千多年，自六朝到明清，一直是文人雅士的聚集之地。不说玄武湖畔、鸡鸣山下的古同泰寺，也不说东北郊、摄山山麓的栖霞寺，只说建在集庆门内的瓦官寺，当年就曾显赫一时。今天的瓦官寺坐落在集庆路南侧、凤凰台上，南京市第四十三中学斜对面，一条僻巷之中，一点也不起眼。想当年，这里曾经熙熙攘攘，一片闹市，如今则是闹中取静，即使近在咫尺的愚园已经重建开放，来往人客也不多，寺里还算清静。

四十三中校园那一片地，原本属于瓦官寺。走进校门，前方左首就是阮籍衣冠冢。一个不大的土堆，上面树着一块石碑，写着"晋贤阮籍之墓"，旁边还有标志，说此处是阮籍的衣冠冢，而且自1982年起，就是南京市文物保护单位。奇怪了。阮籍生于东汉建安十五年（210），卒于曹魏景元四年（263），没有活到西晋，也从来没有到过南京，怎么凤凰台畔倒有了他的衣冠冢，还称他为"晋贤"？

这事不好解释，也难以考证，却好猜想。

阮籍衣冠冢,在今南京市第四十三中学校园内。

今日瓦官寺,与昔日不可同日而语。

此地我来过几次，站在花露岗高坡之上，每次都要想起盛唐诗人李白《登金陵凤凰台》中的几句：

> 凤凰台上凤凰游，
> 凤去台空江自流。
> 吴宫花草埋幽径，
> 晋代衣冠成古丘。

这诗是名篇，大凡读过书并且好古的人，没有不知道的。要落实李白当年眼中所见，让这凤凰台上平添一座晋人的衣冠冢，倒是颇为合理的，也许还更合情。虽然李白诗中的"晋代衣冠"说的是东晋南渡的衣冠士族，而不是"晋贤"阮籍身上穿戴的衣冠，一虚一实，原不相干，但好事者是不理会这些的，也没兴趣咬文嚼字。也许，"晋贤阮籍衣冠冢"就是这么附会出来的吧。

瓦官寺是六朝名寺，唐代香火仍然鼎盛，南唐时依旧显赫一时，明代地位还不一般。只是到了近代，历经战乱、起义、革命，迄无宁日，才日益衰败下去。现在的瓦官寺，是二十一世纪初才重建的，初时粗朴，空间逼仄，这几年惨淡经营，慢慢地有了一些规模。旧日的荣光，比如东晋时寺中曾有戴逵所造佛像、顾恺之所画维摩像，天台宗创始人智𫖮大师修行于此、遂为佛教天台宗祖庭，如此等等，也渐渐为人所知了。

从六朝开始，瓦官寺就是南京城内重要的公共场所，除了供寺僧居住，也接纳士人往来暂住。有人是路过，在此停歇，比如唐朝传奇作家李公佐，出公差路过南京，就在瓦官寺歇脚，顺便登上高高的瓦官阁，眺望滔滔奔流的长江。流浪江湖的江西女子谢小娥，知道瓦官寺非等闲之地，必有非等闲之人，就在这里"守株待兔"。那一天，她终于等来了博学多才的李公佐，为她破解了梦中的字谜，使她最终找到杀父杀夫的凶手，完成了复仇的宿愿。后来，李公佐把这段故事写成了传奇《谢小娥传》。若有人投资拍这部剧情片，相信李公佐很愿意出演自己。悬想剧组来瓦官寺取景时，凤凰台四周必定人满为患，侠女固然吸引眼球，男神编剧也值得围观。

士人暂住的另一个目的是为了准备科举考试。即使像凤凰台这样的热闹之地，到了夜间，寺里也是清寂的，适合埋头读书，揣摩八股。直到十八世纪末，还有人借住在寺里用功。清代南京籍名臣邓廷桢，就曾经暂借瓦官寺一隅读书。据说他早先科举之路非常不顺，童生屡考不中，为了激励自己，他在瓦官寺的书室中贴了一副对联：

> 满盘打算，绝无半点生机，饿死不如读死；
> 仔细思量，仍有一条出路，文通即是运通。

他咬紧牙关,加倍刻苦。功夫不负有心人。没过多久,他终于补上博士弟子员,很快又得中举人,接着再考中进士,踏上仕途。若干年后,身为一方大员、春风得意的邓廷桢,回首往昔,总感觉瓦官寺是自家的福地。

早在六朝时代,瓦官寺就是名士高僧碰头辩论、思想交锋的地方。东晋,某年某月的某一天,小名王狗子的名士王修来到瓦官寺中,与寺里的和尚僧意讨论名理。

僧意问王修:"你认为圣人有情吗?"

王修回答:"圣人无情。"

"这么说,"僧意指着一根楹柱追问,"圣人就跟这根柱子没有两样了?"

王修想了一想,觉得把圣人等同于柱子终究不妥,于是修正自己的说法:"应该这样说,圣人就像算盘,虽然无情,但掌控他的人有情。"

僧意紧追不舍:"都已经是圣人了,还有谁能掌控他呀?"

王修一时语塞,答不上来了。

圣人究竟是否有情,圣人是否会受别人掌控,谁说得清楚呢?就算说清楚了,又有什么用呢?当时人的玄学论辩,就喜欢这类"无用"的话题。诸如此类的辩论在瓦官寺是经常发生的，可惜绝大多数珠玉随唾，因风飘散，无影无踪。

明清时代，也依然不乏这样的对话。比如，周晖《金陵琐事·二续》就记有这样一条轶事：

> 凤洲公同詹东图在瓦官寺中。凤洲公偶云："新安贾人见苏州文人，如蝇聚一膻。"东图曰："苏州文人见新安贾人，亦如蝇聚一膻。"凤洲公笑而不答。

凤洲公就是王世贞，苏州人，是明代著名文学家和书法家。詹东图就是詹景凤，籍贯安徽休宁，属于徽州（古称"新安"）人。他是明代很有名的一位书画家，曾任南京翰林院孔目，后擢南吏部司务，在南京生活了七年，与当时江南书法家以及名士广交朋友，人脉很广。

这段轶事中的"新安贾人"，就是徽州商人，其中不乏有钱、并且乐意附庸风雅的土豪。至于"苏州文人"，堪称当时江南文人的翘楚和代表，则是徽州商贾最愿意攀附的。"蝇聚一膻"，这个比喻很生动。俗话说，苍蝇不叮无缝的蛋。大肥肉浓烈的膻味，引得苍蝇群趋而来。苏州文人与新安商人之间，说白了，就是相互需要的关系。文人与商人、文艺与商业相结合，在明末已见萌芽。至于谁是苍蝇，谁是肥肉，那就看你站在谁的立场上了。

显然,王世贞和詹景凤这一番对话,是针锋相对的,意在为自己的家乡张本。王、詹二人是好朋友,这里面本来无所谓是非,有的只是机锋,只是一时妙语,名流才士,相互冲撞出才思的火花。

这两位此次到访瓦官寺,或者是为了访古寻幽,或许是为了拜访寺中的某位高僧。如果没有瓦官寺提供的空间背景激发,可能就没有这一番对话了。

不殴妓的老干部不是好诗人

南唐退休宰相李建勋,人称"钟山公",那是靠他的政治功业挣来的荣誉。在文学上,他也建过功,立过业,尤其歌咏钟山有功,可以称为专门歌唱钟山的功勋诗人。可惜,南唐的政治声誉不好,谁都知道词史上的南唐二主,中主李璟和后主李煜,词写得再漂亮,也挽救不了政治的衰败无能,先是进贡称臣,终于彻底亡国。城门失火,殃及池鱼,南唐的文学也受了南唐政治的牵累。李建勋的诗写得不错,尤其是关于钟山的诗,可是,地方文化史上少见有人提起他,更不用说文学史了。

李建勋是南唐的创业元勋。他官至宰相,政治上颇有才干,轰轰烈烈,干得有声有色,几乎可以说是"人生赢家"。但他的成功却很难复制。他早年就受知于徐温,成为徐氏的乘龙快婿;后来又得到徐温的养子徐知诰也就是南唐烈祖李昇的信任,成为他的副手,并帮助李昇灭吴称帝,创建了南唐,出任宰相。

南唐中主李璟即位后,他又一次出任宰相。但他并不恋栈,从来不把相位放在心上,却喜欢游山玩水,游览题咏,写了很多风花雪月的诗作。这跟一般人眼中的一代开国老臣、两朝宰相的形象,距离太大了。有一次,一个侍妓恃宠张狂,被他扁了一顿。过后,他写了一首《殴妓》诗,津津乐道:

> 自为专房甚,
> 匆匆有所伤。
> 当时心已悔,
> 彻夜手犹香。
> 恨枕堆云髻,
> 啼襟揾月黄。
> 起来犹忍恶,
> 剪破绣鸳鸯。

照他这么一说,动手打人的和被打的都变得风雅、有面子,坏事变成了好事。"殴妓"这么个大俗事,还能说得那么理直气壮,香艳得不得了。自然,殴妓可能是年轻时的事,但不自讳,诗写成了,还愿意晒出来,单凭这事,就不是一般老干部能够干得出来的。

南唐国祚不长,权力内斗却很激烈,李建勋能够历仕三主,安然渡过一浪又一浪政治风波,活到八十岁开外。朝廷上下,忠臣也罢,奸佞也罢,还都念他的好,说他的好话。可见,他待人处世的功夫不是一般的了得。到了晚年,皇帝还想请他出山,给他加上司空、司徒的头衔,有的虚,有的实,他都不稀罕,婉言谢绝。

退休老臣复出任职,本来也不算什么丢脸的事,但如果说一套,做一套,就难免沦为笑柄。与李建勋同时,另一位南唐宰相宋齐丘,本来已经退居林下,皇帝一张口,就迫不及待出山,当即吃了很多人的白眼。有人以为李建勋也会重蹈覆辙,李建勋就作诗明志:"桃花流水须相信,不学刘郎去又来。"刘郎到了桃花源那样的仙境,从此过上了神仙日子,自然不愿重返人间。这是用诗的语言,用比兴的手法,表白自己的心志。

有一位叫作汤悦的学士,有心拍马屁,马上写信向老领导、新司徒道贺,结果碰了一鼻子灰。且看李建勋如何赋诗作答:

司空犹未许,
那敢作司徒?
幸有山公号,
如何不见呼?

所谓"山公号",是说中主李璟赐给他的"钟山公"的封号。既然皇上许他回钟山养老,优游林下,李建勋自然要"遍

寻云壑重题石,欲下山门更倚松。"用今人的诗来说,就是:

> 从明天起,做一个幸福的人
> 喂马,劈柴,周游世界
> 从明天起,关心粮食和蔬菜
> 我有一所房子,
> 面朝大海,春暖花开。

当然,李建勋没有去周游世界,他只喜欢待在自己的草堂里,吟咏诗章。他的住处叫青溪草堂,临近青溪,青溪发源于钟山。于是,就有了《金陵所居青溪草堂闲兴》《赋得冬日青溪草堂四十字》《钟山寺避暑勉二三子》等诗篇,都清丽可诵。《金陵所居青溪草堂闲兴》写道:

> 窗外皆连水,
> 杉松欲作林。
> 自怜趋竞地,
> 独有爱闲心。
> 素壁题看遍,
> 危冠醉不簪。
> 江僧暮相访,

帘卷见秋岑。

这是一个爱闲的人,归来林下,爱闲的人有福了。
《赋得冬日青溪草堂四十字》写道:

莫道无幽致,
常来到日西。
地虽当北阙,
天与设东溪。
疏苇寒多折,
惊凫去不齐。
坐中皆作者,
长爱觅分题。

这是一个爱诗的人。钟山和青溪,给了他作诗的氛围,分题作诗,可见他不乏诗友。爱诗的人有福了。

他还有一首《溪斋》,结合题目来看,也是写青溪草堂的:

水木绕吾庐,
搴帘晚槛虚。
衰条寒露鹊,

幽果落惊鱼。
爱酒贫还甚,
趋时老更疏。
乖慵自有素,
不是忽簪裾。

这是一个爱静的人。这分明是山林野老,哪里像个退位的宰相。

他还有一篇《小园》,从内容来看,写的也应该是青溪草堂:

小园吾所好,
栽植忘劳形。
晚果经秋赤,
寒蔬近社青。
竹萝荒引蔓,
土井浅生萍。
更欲从人劝,
凭高置草亭。

这个小园,连同园中的晚果和寒蔬,让人生起悠然远想。

这样的环境,这样的生活,真能使人流连忘返。

青溪草堂依山面水,可以种瓜果,种蔬菜,建草亭,还建了一座"四友轩"。四友轩这个名字,起得实在骚雅,富有诗意。轩中只摆四样宝贝。一样是琴,是用最高级、产自峄山南坡的桐木制成的,他称为"峄阳友"。一样是磬,材料来自泗水之滨,也是最上等的,他称为"泗滨友"。还有一样是日常诵读的《南华经》,也就是《庄子》,他称为"心友"。最后一样是湘竹簟,可以躺在上面,酣然入睡,美梦联翩,他称为"梦友"。峄阳友、泗滨友、心友、梦友,表面上是物质,实际上都是精神,人生得此"四友"足矣,一世当以知己视之!

一百多年后,官至北宋副宰相的诗人欧阳修,以藏书一万卷、集录三代以来金石遗文一千卷、琴一张、棋一局、酒一壶、老翁一人,而自称"六一先生"。"六一先生"这个命名方式,以及其中透露的人生趣味,很像是"四友轩"的2.0版。就平易清淡的诗风来说,欧阳修与李建勋也是殊途同归。

自六朝以来,钟山就是隐者胜地,也是寺庙丛集之区。到南唐时,仍有不少古寺,李建勋诗中写到的寺庙很多。有钟山寺,例如《钟山寺避暑勉二三子》:

> 楼台虽少景何深,
> 满地青苔胜布金。

松影晚留僧共坐,
水声闲与客同寻。
清凉会拟归莲社,
沉湎终须弃竹林。
长爱寄吟经案上,
石窗秋霁向千岑。

有道林寺,例如《道林寺》:

虽向钟峰数寺连,
就中奇胜出其间。
不教幽树妨闲地,
别著高窗向远山。
莲沼水从双涧入,
客堂僧自九华还。
无因得结香灯社,
空向王门玷玉班。

又有爱敬寺。这是梁武帝普通元年(520)建造的,在钟山北高峰之上,唐代乾符年间重修过一次,广明元年,又改名广明爱敬禅院,南唐时改称广孝禅院。李建勋吟爱敬寺,既有

"云散经窗湿,山晴石路香"的佳句,还有一首《留题爱敬寺》:

> 野性竟未改,
> 何以居朝廷。
> 空为百官首,
> 但爱千峰青。
> 南风新雨后,
> 与客携筇行。
> 斜阳惜归去,
> 万壑啼鸟声。

临终的时候,李建勋遗嘱一切从简,坟上不堆土,不栽树,不要立碑,任百姓耕作。这坟墓没有任何标记,过不多久,人们就弄不清墓的所在了。他更愿意留在这个世间的,是一部二十卷的诗集,叫作《钟山公集》;他更愿意人们记住,他是"钟山诗人"。

一百多年后,才有一位住在半山园、名叫王安石的诗人宰相,与他争夺这个徽号。

晚知书画真有益

"晚知书画真有益",这是北宋陈师道《题明发高轩过图》中的诗句。南宋大儒朱熹曾经说过,陈师道初见苏东坡之时,诗并不怎么好,后来却越写越好,"笔力高妙"。朱熹所举的例子就是这首诗。朱熹特别摘句表扬,称为"极有笔力"的,就是这句诗和它的下一句:

> 晚知书画真有益,
> 却悔岁月来无多。

平心而论,诗中这两句凑在一起,也可以成为一副对联,不过,下句气氛有些衰飒,读来不免让人感觉有些迟暮的哀伤。《世说新语》中,王羲之与谢安对谈,一个说"中年伤于哀乐",一个说"年在桑榆,自然至此",情味相似。

其实,"晚知书画真有益"正是典出《世说新语》的。东晋画家戴逵曾从范宣求学,他对老师极为尊敬,亦步亦趋。老师读书,他也读书;老师抄书,他也抄书。唯有画画一道,老师认为毫无益处，戴逵却乐此不疲，照画不误。直到一天，范宣看到戴逵画的一幅《南都赋图》，非常欣赏，赞叹不绝，并从此承认，绘画还是有益人生的。这个故事教导我们，无论是人与人之间，还是人与事（世界）之间，都有一个由不理解到理解、认知逐步加深的过程。

戴逵和范宣的故事说的本来只是绘画，没有包括书法。但在中国传统文化中，书画原是一家，所以，陈师道诗中将"画"增饰成"书画"，非但不是蛇足，反而意味更加醇厚了。

名家、名句，又有哲理，这句诗的广为传诵也就不足为奇了。越有名的句子，流传越广，靠记诵引用就不免走样。比如，清代高士奇为自己的《江村销夏录》作序，引用"晚知书画真有益"时，居然说是欧阳修的诗。比他更早的明代人王世懋，这位名人王世贞的弟弟，名气虽不及他哥哥，才情学问却也相当好，尤其精于书画收藏鉴定。不知为什么，他把这句诗的主人记成了梅尧臣。

无独有偶。清末民初，成都出了一位诗人、书画家，他叫顾印愚（1855—1913），字印伯。顾先生好写字，善书画，好作诗，善诗钟和集句对。他专门爱集宋诗为对联，有一册集句楹帖，亲笔书写，在民初流传颇广。先师程千帆先生晚年喜欢写顾先生的集句联，寒斋所藏程先生赐书对联"为君刻意五七字，握手一笑三千年"，就是顾先生的集句。《顾印伯先生集句遗墨》,我未亲见原书,只在网上见过书影。

顾先生集句中,有一副是这样的:

晚知书画真有益;(梅圣俞)
坐觉江山气未衰。(苏子瞻)

注意了,顾先生也把"晚知"一句的主人当成梅圣俞了。我想,顾先生当日集联,可能是这样一个过程:他记忆中有"晚知"一句,再三"反刍",意犹未尽,于是着意为此句找得东坡

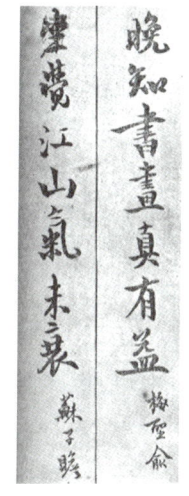

顾印伯先生书"晚知""坐觉"联

黄节先生书"晚知""坐觉"联

一诗句作下联,配成了这副对联。对比陈师道诗中那两句,就可以感觉此联的好,境界开阔,气势不衰,用现代文论的术语说,这大概就叫有张力吧!只是顾先生不小心,把上联的主人张冠李戴了。

1928年,著名学者黄节先生为他的广东同乡、友人罗原觉写了一副对联,内容就是顾先生的这副集句联。黄先生题的上款中,清晰明白地写着"集梅宛陵、苏东坡"。我揣测,黄先生命笔之时,或者桌面上,或者脑海中,有一册《顾印伯先生集句遗墨》。

清华大学艺术博物馆举办的"尺素情怀:清华学人手札展"中,展出了黄先生书写的这副对联。展览的同名出版物也由清华大学出版社印行了;此联收在第22—23页。细心的编者发现:"'晚知书画真有益',诗出宋陈师道《后山集》卷六《题画李白真》,联中误书为梅宛陵。"可惜他只说对了一半。《题画李白真》当即《和饶节咏周昉画李白真》,此篇恰好排在《题明发高轩过图》之前,比邻而居,眼睛一花,题目看差。

顾印伯的《成都顾先生诗集》,有陈宝琛题写书名,陈三立、程颂万序,程康题记。而程颂万、程康两位先生,分别是程千帆师的叔祖父、父亲,程康先生曾从学于顾先生。我把这篇小文收入本书,乃是因此之故。

金陵布衣赛诗

文人相轻,自古已然,金陵三布衣也不例外。

金陵三布衣是康熙时人,一位叫马秋田,一位叫袁古香,一位叫芮瀛客。马秋田的名字还略有些布衣的气味,其他两位,一位古色古香,另一位仙气逼人,不像寻常布衣那么朴素。当然,这是我望文生义,可是谁让他们有这样的名字呢?

袁古香年岁大于芮瀛客,很早就入都谋生,在某个亲王府中混口饭吃。后来,芮瀛客也来了,按说乡亲相见,应当一见如故,彼此也好照应,没料到,这两位却如同旧时那段歇后语说的,"他乡遇故知——仇敌"。芮瀛客恃才傲物,丝毫不把前辈放在眼里,还时常到王爷面前诋毁袁古香,伺机抬高自己的身价。这王爷颇有点子,想到一个公平的竞争办法:赛诗。

那天,王爷让手下喊来这两位金陵布衣,送上一份考题:以《贺人新婚》为题,用九佳韵,限定"阶""乖""骸""埋"四字为韵脚,做一首律诗。考题旁边摆着两包银子,一包重,一包轻。做得出诗的,拿银子多的那一包,继续留在王府服务;诗做不出来的,分量少的那一包银子送您当盘缠,开门送客,祝您一路走好。

《贺人新婚》应该算熟题，说一些吉祥的套话，不难敷衍成章；九佳韵也不生僻，韵字不多不少，有足够大的腾挪空间。这道题的难处，全在限定韵字。作诗的人常说险韵、窄韵，韵部的宽窄、险易，既要看韵字有多少，也要看其中有多少是常用字，多少是生僻字。有些韵部韵字不算太少，却是特别不好用，让人感觉有劲儿使不上来。比如"尖""叉"，是大家都认得的字，可要组词造句，并不容易。又比如，南朝将军曹景宗所用的"竞""病"二字。遥想南朝当年，朝堂之上，众人劝曹景宗休要逞强，是有道理的，并不是特别看不起他。毕竟，"竞""病"两字不是寻常字眼，不是一般人都耍得开的把戏。没想到，曹将军抡起这两个韵字，甩得溜溜转，观众只有惊呼的份儿。

九佳韵中，并非没有字面好看并且有喜气的，"佳"字本身就是。此外，还有"钗""偕""谐""怀"等，都便于组织佳句。祝贺新婚，"成人之美"，就应该拣这些韵字，现在却都排除在外，规定只能用"阶""乖""骸""埋"四字为韵，明显是提高门槛，与人为难，测试诗功。"阶"字尚好，"乖""骸""埋"三字，乍一联想，便是离婚、死亡、埋葬，怎么看怎么不顺眼，在贺人新婚的场合，避之唯恐不及，现在非要写进诗里，还要作为韵字，明摆着就是"挑战极限"。

我曾经说过，作诗押韵，韵字好比梅花桩，难得站稳，只有武林高手，既能稳稳当当，又能步步生风；功力差一些的，轻则趔趄摇晃，重则摔下桩来，丢人现眼。不用说，这四个桩脚，就是用来考验功夫的。来者不善，善者不来。必须说，就此题此韵而言，这并不是最险恶的桩脚，不信，请将限韵字换成"豺""霾""蛙""痎"，麻烦就更大了。

赛诗，有如比赛武功，题出好了，轮到选手上场过招，考官王爷悠然自在，在旁边观战。开卷见题，芮瀛客就呆住了，平生未碰到过这么刁钻的题目，心想王爷身边定有高人，这次只得交白卷。他没有上场就认栽了，用文言文说，叫作"曳白而归"。袁古香却从容不迫，咏成一首七律：

> 裴航得践游仙约，
> 簇拥红灯上绿阶。
> 此夕双星成好会，
> 百年偕老莫相乖。
> 芝兰气吐香为骨，
> 冰雪心清玉作骸。
> 更喜来宵明月满，
> 团圆不为白云埋。

金陵布衣赛诗

这正是俗话说的：道高一尺，魔高一丈。"魔"，这里当然指的是"诗魔"。白居易诗云："惟有诗魔降未得，每逢风月一闲吟。"袁古香心中也有这样一只诗魔。这只诗魔跃将出来，将四个古灵精怪的字一一降服，收归帐下，封官派职，安排得停当妥帖。"阶""乖""骸""埋"，有的被虚化，有的反其意而用之，有的别开生面，总之，貌似不祥的字都变成了吉利话，坏事变成了好事。

这就是文字的功夫，这就是诗的魅力，这就是诗魔的本领。

此事见于袁枚《随园诗话》卷四。袁枚拈出此事，大概是要表达这么几点意思：

第一，金陵人才众多，诗才尤众，即遇偏怪之题，也能从容应付。

第二，姜还是老的辣，少年才士容易轻狂不逊，应当引以为戒。袁枚自己曾经也是年少后生，也曾经这样心高气傲，能有这点认识，尤其不容易。

第三，题难，不如韵难；韵难，不如韵字难。韵字是多么重要啊。

自然，这只能说是我个人的揣摩，袁枚是不是认可，不好说，也不必说。

李叔同的"前尘影事"

王伯沆先生遗稿《冬饮庐诗稿》中有一篇诗作,题目特别长,类似诗序,从内容上看,就是一篇记人小品文。全文抄录如下:

> 燕人李息,好金石书画,年三十,称息翁,又称息老人。所易名字至百十数,有曰下、曰岸、曰哀、曰凡者,字有圹庐,自谥曰哀公(有"息翁晚年之作"印章,又有"丙辰息翁归寂之年"印章,尤奇)。丁巳二月,自浙来,言能辟谷七日,冬常著袷衣,忘寒,将于盛夏著棉,习忘暑。近又改名婴,比于再生,势不得不然也。因戏赠二绝句。

这个李息喜欢改名,他的名号达一百多个。如果说这些名号有什么特点,那就是摆脱不开生、死二字。所以,王伯沆戏赠于他的两首绝句诗,也围绕着生、死二字展开:

> 盗得黄芽母气新,

> 活埋庵里陡翻身。
> 英英一把寒琼骨,
> 惊倒驴年学道人。
>
> 生有灵髦似圣童,
> 前身应悔太龙钟。
> 鸡窠从此忘年好,
> 一笑回看是息翁。

诗中写到的"黄芽",指的是"黄芽丹",又称"金粟黄芽丹",传说有起死回生之功,脱胎换骨之妙。李息辟谷之后,犹如新生婴儿,重得母气,焕然一新。活埋庵是佛教的典故,也是将死而复活之意。明僧真可有《过天目山活埋庵》诗云:"自古名高累不轻,饮牛终是上流清。吾师未死先埋却,又向巢由顶上行。""驴年"是禅宗的话头,《五灯会元》中经常可以看到。至于"鸡窠",指的是北宋人钱易在《洞微志》中所写的那个"鸡窠小儿"。据说,有人在琼州海岛上遇到一位自称已经八十一岁的老翁,他的九代祖却是一个坐在鸡窠中的小儿,"不语不食,不知其年岁"。王伯沆诗里用了好几个佛家的话头和神仙家的典故,恭维这个传奇的"燕人李息",语气中不无戏谑的成分。

弘一法师在俗时的留影

实际上,单看诗题,就能知道李息是一个传奇人物。这李息非别人,正是民国时代的奇人、高僧弘一法师。

弘一法师本名李叔同(1880—1942),出生于天津一个官宦富商之家,王伯沆称他为"燕人",用的是历史地名。李叔同多才多艺,不仅是佛学精深的高僧,也是著名的艺术家,诗词、书画、音乐、戏剧,样样精通。他用过的名字,比他涉猎的领域还要多得多,王伯沆提到的李息、李岸、李下、李哀、李凡等,只是其中一小部分而已。三十岁就自称"息翁""息老人",还用过"有圹庐"的字号,"哀公"的自谥。他曾经改名为"婴",意味着倒转回头,再活一次。这名字也很有个性,但知道的人似乎不多。

李叔同与王伯沆的人生交集,首先是因为两人是南京高等师范学校的同事。其次,则是因为两人对佛学、对金石书画都有兴趣。1915年起,李叔同兼任南京高等师范学校音乐、图画教师。由李叔同作曲、南高校长江谦作词的南京高等师范学校校歌,传唱至今,仍然是南京大学的校歌。

李叔同还倡议成立了"宁社",这是一个金石书画组织,利用假日,借鸡鸣寺之地,陈列古书、字画、金石等。二十四年后,江谦作诗祝贺李叔同六十大寿,还特别提到南高和宁社:

> 鸡鸣山下读书堂,
> 廿载金陵梦未忘。
> 宁社怂尝蔬笋味,
> 当年已接佛陀光。

南高校址位于鸡鸣山之南(今日东南大学四牌楼校区),毗邻鸡鸣寺——鸡鸣寺的前身是六朝古寺同泰寺。佛陀之光,穿过陈旧的古董,照进宁社时代的李叔同的心里。

李叔同在南高任教时，还在杭州的浙江省立第一师范教书，故常常往返于杭州、南京两地。丙辰（1916）十月，李叔同从杭州来到南京，请王伯沆为他们共同的友人、画家萧稚泉（萧俊贤）所画的一幅墨梅题词。王伯沆应约题写了一阕《浣溪沙》。待了不久，李叔同就又回浙江去了。1916年冬，李叔同入杭州虎跑定慧寺，断食十七天，并写有《断食日志》。所谓"断食"，就是"辟谷"。次年二月，李叔同再次从浙江来，与王伯沆相见时，大谈自己近来的辟谷心得，可以冷热不侵于体，寒暑无动于衷。从王伯沆的转述中，我们多少还能体会到一点他的兴奋之情。

不过，在王伯沆眼中，李叔同的言行举止，总有一些不同寻常、匪夷所思。动不动就改名，前后用过的名字号，达一百多个，足以令人叹为观止。对李叔同来说，一个名号代表人生的一个阶段，也代表某种自我认同，既然思想超越了故我，自我就获得新生，那么，确实有必要改名以为标志。埋葬旧我，需要有一个"圹庐"；新我诞生了，最好改名为"婴"。活泼泼的新我，一天天在生长，没有比"婴"这个名字更合适的了。这首诗，不仅可见王、李二人的交谊，对考察李叔同生平事迹，也有文献价值。王伯沆思想以儒为主，兼摄佛学，与李叔同最终入山为僧毕竟不同。对于李叔同的出家，王伯沆是理解并且尊重的。

青年李叔同扮演的茶花女

弘一法师

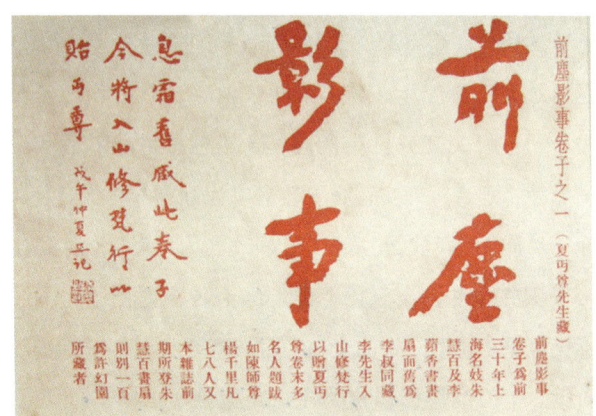
李叔同手书"前尘影事"

《冬饮先生词稿》中有一首《唐多令》,也与李叔同有关,值得"八卦"一下。词题如下:"友人李息霜将入山为头陀,因以旧藏箑系旧李苹香、朱慧百二校书所书画,付之装池为横轴,以赠其友,复自题'前尘影事'四字,其友属余题词。"

1918年6月,李叔同最后出家之前,将一些个人物品分赠友好。当年,李叔同在上海滩名妓中,结识了两位红颜知己李苹香、朱慧百。既已决心告别红尘,自然要对这些尘缘作一了断。于是,他将这两位女校书所书所画的扇面,装裱为横轴,亲自题上"前尘影事"四字,送给其友人夏丏尊。这首词就是王伯沆应夏丏尊之约题写的。

"一切有为法,如梦幻泡影。"

沙扬娜拉,曾经风流倜傥的侧帽少年。

沙扬娜拉,所有的前尘影事,所有的烟水闲愁。

词写得很婉约,契合从李叔同到弘一法师的转变。对这位即将入山为僧的故人,王伯沆心中涌起的,只是一层层叹喟的涟漪:

> 侧帽少年游,
> 前尘梦已收。
> 镇缠绵小字银钩。
> 画里眉山青更远,

山影外,
有高楼。

莫莫与休休。
花空烟水流。
剩吴笺犹空闲愁。
弹指一声春在否,
凭问取,
老堂头。

老南京对联

王孝煃(1875—1947),字东培,号寄沤,江宁(今南京)人,是清末民初南京的"甩乘史家",以字行世。他在《乡饮脍谈》中抄录了一些对联,现在看来,都算老南京对联了。

陶善之,同治元年(1862)制科,举孝廉方止,活到了九十多岁。九十岁生日的时候,他写了一副自寿联:

排排坐,吃果果,童子六七人,从我所好;
欣欣然,斗虫虫,彭祖八百岁,视我犹孩。

"排排坐,吃果果",是幼儿园小朋友们说的话,看来早就有了;"斗虫虫"则是小儿的把戏。在八百岁的彭祖面前,九十岁不过是幼稚孩童。九十老人尚有如此童心,返老还童,真是长寿之征。此联幽默活泼,自寿的口吻也把握得很好。

温葆琛(明叔)八十岁重宴琼林,特赐太子少保衔。厅堂之上,有他的门生献的一副寿联:

> 天下翰林皆后辈，
> 朝中宰相两门生。

表面上看，上下联说的都是旁人，其实是借重旁人抬高自己的地位，更牛，也更妙。温葆琛家住白下区绫庄巷，此巷东起绒庄街，西至评事街，人来人往，不是一条僻巷。卢前在《冶城话旧》中说，温葆琛自书此联于大门。果真如此，众目睽睽，就实在不够低调了。私下觉得，还是挂在厅里比较合适。

晚清时代，在龙蟠里乌龙潭南岸，坐落着上元县的节孝祠，顾名思义，是表彰本地的节孝之人。本地名人魏家骅（魏梅村）先生曾为此祠题写门联：

> 石城比节，
> 潭水盟心。

节义像石头城墙那样坚贞，孝心像乌龙潭水那样深沉，形象比喻，就地取景，言简意赅，比喻亦恰切不移。

从乌龙潭北岸再往北走，不远处就是今天的清凉山公园。进大门，西边是扫叶楼，东边是驻马坡，相传诸葛亮曾经在这里驻马，瞭望四周地势。当年，驻马坡上有一座武侯祠，专为纪念诸葛亮而建，现在则只有孤零零的一座小亭。那座武侯祠是顾云（顾石公）倡议修建的，他还作了一副集句联：

> 荐公一掬建业水，
> 听我三终梁父吟。

虽然平仄不那么精严，意思却是工切的。

这位顾石公先生擅长集句联，清凉山扫叶楼也有一副他的集句联：

> 江山留胜迹，
> 西北有高楼。

意调俱工，下句尤其恰当，因为清凉山确实位于当时南京城的西北，扫叶楼的地势确实也称得上高。

鼓楼东北隅的大钟亭，是晚清江宁布政使、原籍江西奉新的许振祎重建的。许氏曾长期供职于曾国藩幕府，经历了平定"太平天国"的过程，对南京在这场劫难中遭受的巨大破坏，有深切了解。他后来出任江宁布政使，就积极致力于恢复、重建本地的名胜古迹。大钟亭里的这口大钟，据说是明洪武二十三年（1390）铸造的，原有钟楼，后来楼毁了，钟也仆倒于地，埋于尘土之中，长达数百年。很多人弄不清来历，以讹传讹，还以为是南朝景阳楼上悬挂的那口古钟。许氏重建钟楼三楹，并题

今日大钟亭

写对联:

> 五百载山土尘霾,物久传讹,竟作景阳遗器考;
> 四万斛江楼悬置,我来好事,要闻建业暮天声。

幸亏了他的"好事",南京不仅留住了一处名胜,本地人也多了一处游憩之地。这副对联措辞有历史的纵深感,馀音缭绕,回响不绝。

此联见于王东培的另一本书——《里乘备识》。王东培的可贵之处在于,他所记述的这几副对联,不仅有故事,而且指名道姓,包括对联的作者在内,一点也不含糊,这样保存下来的南京地方文献资料,意义就不同寻常了。

老南京门联中的六朝气

多年前，当王伯沆、周法高纪念馆开馆的时候，我曾代表单位前去祝贺。那是我第一次走进王伯沆先生在门东边营的故居。跨过新式的水泥大门，进入老屋之前，还有一道旧式木门，两扇对开，一左一右，上面刻着一幅门联：

门有通德，
家传赐书。

王家先世出于东晋名相王导，是琅琊王氏的后裔，世居溧水，后来才迁居门东。这副门联古雅大气，洋溢着书香，遥遥呼应着其源出六朝的清贵家风，给我的印象很深刻。还有一副门联，也是刻在两扇门上，六朝气息扑面而来：

同居长干里，
自谓羲皇人。

说起来，老南京当年有很多旧家，门楣上诸如此类的对联并不少见，只是世事沧桑，风云变幻，又惨遭那场史无前例的"文化革命"的扫荡，旧家多已不存，就是旧房子，也都被拆得差不多了。要想思古怀旧，只能向旧籍中寻寻觅觅。王东培《乡饮脞谈》之值得一看，为的就是书中保留了一些老南京的对联，包括门联。

王东培与王伯沆是同时代人，《乡饮脞谈》中所记，就是王伯沆那个时代的老南京门联。这里挑两个比较有个性的例子讲一讲。吴敬梓在《儒林外史》说过，南京这座城市充满了"六朝烟水气"，在我看来，这两副门联，就是颇有"六朝气"的。

有一位从江浦来的邝先生，进城谋生，住在虹桥附近，以训蒙为业。所谓训蒙，说白了，就是教私塾的，再通俗一点，就是当孩子王。刚开始读书阶段的孩子，可不好管教。这种职业收入比较低，也没有太高的社会地位。蒙学老师中也有些自负才学的，不免更加兀傲不群，彰显个性，坚守自尊。邝先生就是这样的一位。他自署门联曰：

儿女肥如犬，
夫妻老似龟。

把子女比作狗，不是瘦狗，而是肥犬，言外之意，还是有些得意和骄傲的。这让我想起陶渊明《责子》诗中对诸子的漫画，他嘲谑地数落那五个熊儿子，要么不爱读书，要么纯粹是个吃货，要么十以内都数不全。实际上，对邝老师和陶诗人所说的，可不能太当真，这只是"六朝范儿"的通脱任真而已。宋代以前，"龟"还不是一个骂人的词语，比如唐代名人中就有一位大名唤作"李龟年"的，"龟年"与"鹤寿"同意，祝人长寿，那是好话，并无贬义。如今，"鹤寿"依然流传人口，没有丝毫禁忌，而"龟年"则早就有所忌讳，一般不用于说别人，更不用于说自己。但邝先生却口无遮拦，说自家两口子就像一对老乌龟，这种旷达的风度，真是常人难以企及的，可见其人饶有六朝风韵。

另有一位郑璧如先生，他住在南门外。那个时代，南门外比起虹桥来说，更是交通要道，车水"驴"龙。为什么不说"车水马龙"呢？因为现实中，驴车、骡车比马车更常见，也更经济，短途运输，更是方便。不巧的是，郑先生住宅门外开了一家驴行，驴粪满地，臭不可闻。郑先生忍无可忍，只好题写了一副门联自嘲：

> 天高皇帝远，
> 人少畜生多。

这种邻里琐事，衙门不屑一顾，所以是"天高皇帝远"。至于"人少畜牲多"，就不只是自嘲，而是有愤世激俗之情溢于言表了。这字里行间所蕴含的，其实是一股六朝人的清峻之气。

豁蒙楼七老联句

对黄季刚先生来说，戊辰年（1928）可以说是他人生的一个重要转折点。这一年的三月，他辞去东北大学的教席，离开辽宁，应聘到中央大学任教，从边远的东北，来到了六朝古都南京。

那时，担任中央大学中文系主任的，是与他同出章太炎门下的汪东先生。陈汉章（伯弢）、王瀣（伯沆）、胡俊（翔冬）、胡光炜（小石）、汪国垣（辟疆）、王易（晓湘）等人皆在南京任教，可谓极一时之选。曾经的六朝古都，而今变成了民国新都，既不缺诗酒风流、怀古采莲的佳处，也不少论学谈艺、呼朋啸侣的文化环境。

初来乍到，季刚先生的诗情游兴特别高。从这一年春天到这一年岁末，他与友人诗酒聚会的频率极高，只要翻一翻他的日记，或者看一下《黄侃年谱》，就可以感觉得到。比如，这一年的六月三日，他与汪东、王伯沆、汪辟疆、胡小石、陈汉章、柳诒徵等人聚会，举行诗社活动，约好各人作五律两首。

实际上，这个诗社已经举办过好几次活动，只有柳诒徵是第一次加入这个圈子,其他人都是老面孔。每次活动,召集者虽有不同,但诗酒都是中心主题,向来不变。每次参与作诗的人,有多有少,诗体有律有古,形式大半以联句为主。豁蒙楼联句,当然是其中最引人注目的一次,但它被传为南雍佳话,成为金陵掌故,也不无偶然因素。

豁蒙楼在南京著名的六朝胜迹鸡鸣寺的最高处。1902年冬,张之洞来南京署理两江总督,为了纪念他的得意门生杨锐,特为修建此楼。杨锐是戊戌变法中罹难的"六君子"之一,中日甲午(1894)战争前后,杨锐有感于时局,满怀忧愤,常常吟咏杜甫《八哀诗·赠秘书监江夏李公邕》篇中的这样几句:"君臣尚论兵,将帅接燕蓟。朗吟六公篇,忧来豁蒙蔽。"《八哀诗》是杜甫有名的组诗,怀念八位故人。张之洞建此楼,并以"豁蒙"为名,寓有怀念故人之意。

1904年,豁蒙楼建成的时候,张之洞已经离开南京,回任湖广总督。豁蒙楼从此成为南京名胜,文人游客登高眺望,近则高墙梵宇、北湖烟波,远则九华塔影、钟山晴岚,尽收眼底,怀古思今,摇荡性灵,这里是一个绝佳的去处。

豁蒙楼联句的时间,在戊辰年十一月廿一日,恰当公历1929年元旦,礼拜二,天气晴好。《黄侃日记》记载了那一天的联句活动及嗣后的游历行程,可惜详于行程而略于联句:

十时许,晓湘、辟疆来,遂挈念田上鸡鸣寺豁蒙楼。伯沆先生、小石、翔冬、傅若梅女士(挈其幼女)皆已至,伯沆后至,良久醵饮,用纸韵联句。翔冬在酒,所发狂言。余小与酬酢而已。饮罢出登城,至覆舟山,方毁城镌山。前至太平门,出看龙脾子湘军破发军阙口,过天保城下,景物萧爽。还经小营至成贤街,觅车归。

季刚先生当时住在大石桥,离鸡鸣寺不算远,早到并不难。王伯沆、胡翔冬二老都住在城南,路途较远,到得晚一些也很正常。从这一段记述中,可以看到,七老是边喝酒,边作诗,酒喝光,诗也作好,就出城访古寻幽,"行酒"而兼"行诗"。他们一行循着古城墙一路往东,经过覆舟山(今天叫九华山),越过太平门,一直走到天堡城下,到了当年清军攻破太平军城防的阙口,这是天高气爽之日的一次怀古寻幽之旅。

好景不长。豁蒙楼联句六年之后,黄季刚先生就不幸病逝,八年之后,首都南京沦陷于日寇的炮火,日寇残暴血腥的大屠杀,将风雅的古城变成一座死亡之城。除了陈汉章先生去世于1938年,王伯沆先生因中风而困于南京之外,七老中的另外四老都随校西迁。八年抗战之后继以内战,内战之后继以历次政治运动,少有宁日。像豁蒙楼那样规模的诗酒聚会,越来越难得一见了。

豁蒙楼七老联句

"大都好物不坚牢,彩云易散琉璃脆。"值得庆幸的是,豰蒙楼联句的手稿还存于世间。它先是传到季刚先生侄子黄焯手里。1964年,黄焯先生又将其赠予先师母沈祖棻先生,最后由先师程千帆先生捐赠给南京大学,现珍藏于南京大学图书馆。2014年,适逢南京大学中文系(现改名文学院)成立一百周年,豰蒙楼联句手迹的复制品作为系庆礼物,赠送给返校的系友们。

闲话少说,先抄七老《豰蒙楼联句》全诗如下:

蒙蔽久难豰(殽),风日寒愈美(沆)。
隔年袖底湖(翔),近日城畔寺(侃)。

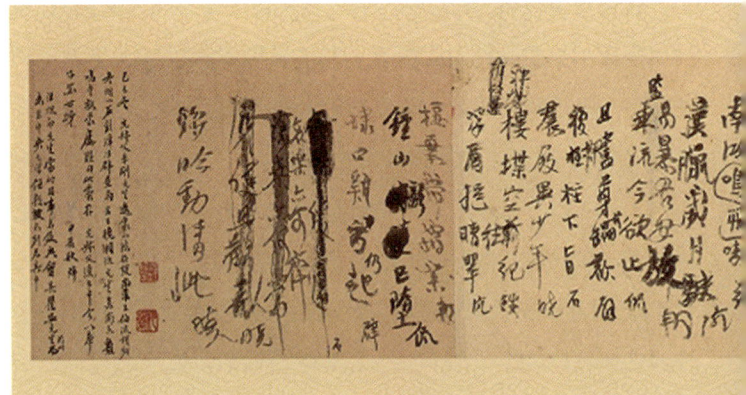

豰蒙楼联句

筛廊落山影（辟），压酒潋波理（石）。

霜林已齐黯（晓），冰花倏撷绮（弢）。

旁眺时开屏（沉），烂嚼一伸纸（翔）。

人间急换世（侃），高遁谢隐几（辟）。

履屯情则泰（石），风变乱方始（晓）。

南鸿飞鸣嗷（弢），汉腊岁月驶（沉）。

易暴吾安放（翔），乘流今欲止（侃）。

目尽尊前欢（辟），复探杖下旨（石）。

裙屐异少年（晓），楼堞空江汜（弢）。

浮眉挹晴翠（沉），接叶带霜紫（翔）。

钟山龙已堕（侃），埭口鸡仍起（辟）。

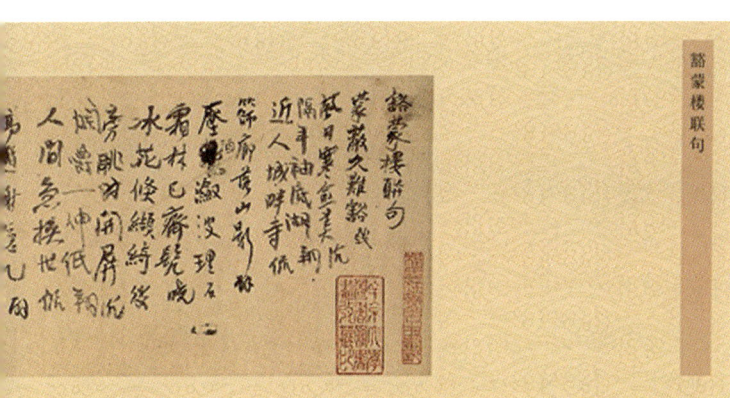

豁蒙楼七老联句

哀乐亦可齐（石），联吟动清沘（晓）。

每句诗之后，都有一个署名，表示为此人所作。"弢"代表陈伯弢（1864—1938），"沆"代表王伯沆（1871—1944），"翔"代表胡翔冬（1884—1940），"侃"代表黄侃（1886—1935），"辟"代表汪辟疆（1887—1966），"石"代表胡小石（1888—1962），"晓"代表王晓湘（1889—1956）。七位先生轮番出场，一人一句，四轮下来，联成二十八句，既见个人的风格特色，又有整体的起承转合，令人佩服。再看一下我附注的七老出生年份，便能恍然大悟：哟！敢情七老联句，是按照年齿长幼的顺序啊。

本年前后，季刚先生与诸老还有多次联句，都比这一次随意。要么人到得没有这么齐，要么写的是绝句或律诗，不能轮转几个回合。与豁蒙楼联句最相似的，是1928年4月22日那次，参加者也是七人，但少了陈伯弢、胡翔冬，多了汪东、汪长禄。那次联句每人一句，也转了四轮，最终联成二十八句的长篇，这都与豁蒙楼联句相同。不过，那天众人联吟的是七古，同时，七老并未依年齿之序上场。

豁蒙楼联句那一天，正值公历新岁元旦，万象更新。也许，正是这样一个特殊日子，给七老增加了除旧布新的自觉，赋予他们更多的仪式感，他们终于在酒酣耳热之前，商量好序齿联句的原则，然后就万事俱备了。论起年齿，他们中最年长的陈汉章六十五岁，最年轻的王易四十岁，相差四分之一世纪。

2012年5月20日，南京大学庆祝建校110周年，校友如云，高朋满座，原则上"序齿不序爵"。这一原则的渊源，应该可以追溯到豁蒙楼联句，以及它背后的南雍传统。正是：

豁蒙楼上，七老襟怀畅联句；
金陵城中，百年名校庆生辰。

程千帆师与对联

先师程千帆先生一生爱好对联,在学术研究中,也十分重视对联。1998年,湖南学者余德泉出版了专著《对联通》,程先生曾托人寻求。余先生得知后,曾寄赠一册给程先生,并附信云:

千帆先生:

遵嘱呈上《对联通》一书,请指正。中国楹联界没有也不会忘记您在八十年代初对给楹联以合法地位的呼吁。顺颂

健康!

余德泉顿首

九八、十二、七

余先生信中提到的"呼吁"一事,指的是程先生写的《关于对联》那篇文章。此文写于1981年4月,最初发表于《江海学刊》1982年第一辑,后来收入《闲堂文薮》。

1980年代初,改革开放刚揭开序幕不久,学术界包括文学研究界百废待兴,很多领域有待正本清源,拨乱反正,大批"冤假错案"有待清理。程先生在这篇文章末尾总结道:"对联是我国文学中一种源远流长、兼有普及提高之长的、为人民大众所喜闻乐见的样式。它本应该在文学史中占有一席之地,但不知为什么,却被我们的文学史家们一致同意将它开除了。这恐怕也是文艺界应当平反的错案之一。我在这里对它略作介绍,无非抛砖引玉,引起注意。我希望在不久的将来会有专门研究对联的专文或专著问世。"

在这篇文章中,程先生高度评价了楹联的艺术价值,大声疾呼人们重视这种文体,给予其应有的文学史地位,在当时产生了相当大的影响。其后十馀年间,各地先后成立了诸多楹联学会,而以《对联通》为代表的专著以及以《联话丛编》为代表的文献汇辑也陆续出版,都可以看作对程先生这篇文章的呼应。

其实,对联之被人忽视,也不限于大陆,海外亦然。早在1964年,美国威斯康辛大学教授周策纵先生就在香港出版《续梁启超"苦痛中的小玩意儿"——兼论对联与集句》,为对联尤其是集句联争地位,其中所论,与《关于对联》多有不谋而合者。1985年,程先生得到周先生赠书,复信中特为钞录四副对联相寄,以见嘤鸣之意。

第一副是程先生与沈祖棻先生新婚之时，乃师汪东先生集词句为联相赠，由沈尹默先生书写：

素娥宝镜圆时，不负心期，记晓叶题霜，秋灯吟雨；
东海青桑生处，暗欹客帽，看残山濯翠，剩水开奁。

第二副是汪东先生书斋联，也是集词句而成：

故山更好，看鹤飞深谷，猿啸高崖，愿同往从之，老子平生无妄语；
客路相逢，仗酒祓清愁，花销英气，所未能忘者，男儿西北有神州。

第三副是易哭庵（顺鼎）集李杜诗句联：

瑶台月下，群玉山头，飞燕新妆，李吟亭北；
崔九堂前，岐王宅里，落花时节，杜在江南。

第四幅是北京大学教授林损所作。1930年代某年，北大浴室倒塌，有学生惨遭压死，林损作联挽之：

重压之下,安得不死;

洁身自好,何以为生。

《关于对联》一文只提到最后一副对联,前三副文采绮丽的集句联,文中并没有提到,其他地方也少见引录,故钞录于此,以广其传。可惜都找不到原物,无从欣赏翰墨之美。

在《关于对联》发表的当年,我就读到了这篇文章。那时,我还是北京大学历史系的本科生,对于中国古代文学有浓厚兴趣。这篇文章举证丰富,分析细致,深入浅出,雅俗共赏,给我这个门外汉留下了深刻印象。如果我没有记错的话,这是我拜读的老师的第一篇文章。它不仅让我对对联有了基本了解,从此以后更加喜欢对联,也让我从此记住了老师的名字。一年多以后,我斗胆报考南京大学研究生,并侥幸被录取,得以立雪程门。程先生晚年喜欢说,师生之间,有缘分存焉。我想,我与老师的结缘或许是由于这篇文章吧。

光阴荏苒。十馀年之后,当我奉命改写老师当年的文学史旧稿时,程先生与我有过多次谈话。谈话中,他一再强调,我们的文学史不应该再忽略对联,并且说:"从旧体诗、对联乃至诗钟之类的东西,我想应该普及开来,这就是文学社会化。现在做旧体诗的人比新诗还多,我经常收到这类作品。旧体诗这种东西,我看很长时间还是要传下去的。"他认为,对联作为传统文学样式之一，具有重要的文学史地位，而且与诗钟（其实是对联的一种）和旧体诗等传统样式一样，在今天乃至以后人们的日常生活以及文学创作中，都应保有一席之地。于是，在1999年成书的《程氏汉语文学通史》中，就有了专论对联等文学样式的一章。

程先生虽然不是职业的楹联家，但他不仅在观念上推广，也积极创作。可惜迭经世乱，他早年所作的对联存世无多，我生也晚，所见更有限，今以见闻所及略举数例，以窥一斑。我所见年代最早的，是他作于1978年5月的一副对联，那时，正在准备"溯江而东"到南京大学任教的程先生，曾自撰一联以抒情述志：

> 移山犹励愚公志，
> 伏枥难忘烈士心。

他请老同学萧印唐书写成一四尺对联，张之素壁，以自我激励。这副对联，是程先生当时心境的最好见证。

对联应用性很强，其社会适应面也很广，挽联、寿联二者最为常见。1978年10月，著名语言学家、武汉大学刘赜（字博平）先生去世，程先生交代在武汉的学生代送挽联：

> 丘原无起日,
> 江汉有东流。

他向学生解释道:"这是宋人陈师道挽南丰先生(曾巩)诗中的两句,博老当得起。"这是借用古人诗联作挽联的例子,"丘原""江汉",比喻取象宏大,寄意遥深。1990年,国务院古籍整理出版小组组长李一氓先生逝世,程先生曾作挽联哀悼:

> 考献徵文,世尊大雅;
> 山颓木坏,国丧元良。

联语不仅恰切地点出了李一氓先生的身份,也充分肯定了他对古籍整理出版事业的贡献。同年,著名学者唐圭璋先生逝世,程先生所撰挽辞为:

> 三千弟子,无惭菊秀兰芳,学派遥承百嘉室;
> 九十癯仙,遽拥素云黄鹤,词林痛失大宗师。

上联称赞唐先生一生从事教育,门下菊秀兰芳,成就卓著,下联则就唐先生词学研究的学术史地位立论,推其为词林大宗师,兼致伤悼。

1996年，金陵大学时代的老同学萧印唐去世，程先生深致哀悼，有挽联云：

倾盖论交，国士建丰标，侠骨柔情君所独；
经天注泪，残年怀旧迹，吴天蜀道我何堪。

上下联分别关合彼我，吴天蜀道，相隔千里，深情绵邈，令人怀想。

就我所见而言，程先生所作寿联少一些。他曾集班固、韩愈之语祝贺任继愈先生八十大寿：

爰著目录，略序洪烈；
作为文章，其书满家。

以此二句形容身为国家图书馆馆长而又酷爱藏书的任先生，真是恰当。上句出自班固，班固曾官兰台令史，掌管典籍图书。下句出自韩愈，其名又与任先生之名相涉，尤为别致。这是程先生自作的集句寿联。

我曾见他书写"名高北斗星辰上，独立东皇太一前"，为王元化先生贺寿。这是清末顾印伯先生的集句联，上下句分别为王庭珪与黄山谷的诗，虽是集句，却也恰如其分。可见他善于化用前人成句，注入新意。他曾对老朋友刘君惠教授说："兄天情开朗，宜臻上寿。昔陈散原八十，有人赠以联云：'彩笔昔曾干气象，流年自可数期颐。'届时亦可移赠。"这也是集句联，不过是以杜甫诗对苏轼诗。

程先生晚年在南京，经常应海内外友好之请，书联相赠，可惜这些对联基本上为私人藏品，我无缘得见，故不能详言之。程先生曾说，"对联其实是更加精炼更加集中的律诗和骈文。要做好对联，最好多读律诗骈文名作，自然得心应手，抒情叙事，各得其宜。"所以，他有时候也摘录古代诗人佳联以书赠友好。比如，《闲堂文薮》书前插页就印有程先生书赠友人的隶书手迹：

> 幽溪鹿过苔还静，
> 深树云来鸟不知。

这是唐代诗人钱起所作七律《山中酬杨补阙见过》的颔联，大有山林之趣，程先生移录并书赠友人。1996年，他曾书写茶陵谭组庵（延闿）一联"天远已无山可隔，潮来真见海横流"，赠给厦门大学吴在庆教授。相传林则徐曾作一联："海到无边天作岸，山登绝顶我为峰。"近年来此联流传颇广，用于很多场合，不免有点俗滥。相比之下，谭氏此联不仅器局开阔，气

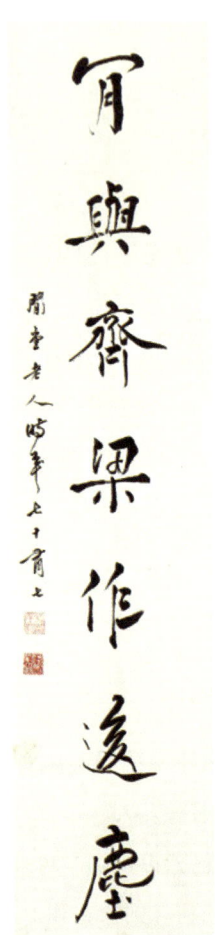

程千帆先生手书对联

魄宏大，而且由于厦门是个海滨城市，厦大又坐落在南普陀山旁，切合其地、其景、其人。

最后说两副与我相关的对联。我结婚的时候，程先生曾自撰并手书一联表示祝贺：

> 定追嘉淑光前史，
> 肯与齐梁作后尘。

那时，我还在跟老师攻读博士，专业方向是汉魏六朝文学，而内子与我一样，也喜欢中国古代文学，尤其喜欢汉魏六朝文学。所以，程先生以秦嘉、徐淑二人之事勉励我们，这当然是我们愧不敢当的。杜甫《戏为六绝句》之五云："不薄今人爱古人，清词丽句必为邻。窃攀屈宋宜方驾，恐与齐梁作后尘。"此联下句反其意而用之。研习六朝文学的人，自然都是"肯与齐梁作后尘"的，此句措辞幽默，更见长辈的期许和厚爱。

1998年，南京大学进行校史上规模空前的点房，我有幸点到一套三居室的房子，终于有了一间自己的书房。程先生特别高兴，送我一副对联：

> 为君刻意五七字，
> 握手一笑三千年。

这是集宋人诗句的集句联。上句出自张镃《燕坐》,下句出自苏轼《寄吴德仁兼简陈季常》。集句者是成都著名诗人兼书家顾印伯(印愚)先生,可惜现在知道的人不多了。

顾先生是王闿运的弟子,毕业于尊经书院,程先生的父亲穆庵先生(程康)曾从其问学。顾先生诗学宋人,其诗集抗战期间曾印过,可惜世间流传不多。他还特别好集宋诗句为联,汇成一册,清雅稳健,颇多意味深长之作。这些集句联程先生年轻时读过,晚年还时常忆起,每以书赠友生。程先生知道我喜欢五七言诗,我偶然也会拿自己东涂西抹的习作向老师请教,所以,他趁这个场合,写下来送给我。

程先生去世后,有一次我向师母陶芸先生提到我喜欢顾先生的集句联,陶先生遂用章草钞录一份,写在"宁乡程氏玄览斋钞"的特制笺纸上,现在还在寒斋珍藏着。

写给大报恩寺的三副对联

城墙与大报恩寺塔都诞生于明时,明朝那个时候,它们就是南京这座城市的地标。清代金陵四十八景中,就有"报恩寺塔",堂而皇之。

大报恩寺塔有78.2米高,相当于一座二十多层的高楼。塔身用琉璃烧制,塔内外置长明灯146盏。仰观的,远望的,中国人,外国人,莫不惊奇赞叹,它被称为"永乐的大窑器""中国的大古董""天下第一塔""中世纪世界七大奇迹之一"。

城墙临水山立,影子落在秦淮河里,岿然不动。大报恩寺也曾矗立河畔,河上有风吹过,送来一阵阵塔铃的响声。"太平天国"来了,150年前那场不堪回首的浩劫,大报恩寺塔轰然倒下,剩下城墙顾影自怜,对月伤魂。

150年后,大报恩塔重新站起,换上一身"时世妆"。七彩光辉越过秦淮河,照耀少年的伙伴,明城墙也熠熠放电,在水一方。

这座寺,这座塔,拥有太多的第一,创了纪录,然而,它从不矜持。一千年风雨苍茫,兀自立在历史的十字路口,为黑夜

今日大报恩寺塔，七彩之塔。（薛晓红 摄）

带来光明，为迷途的人指引方向。

东吴赤乌十年（247），西域康国沙门僧会来到东吴首都建业，也就是今天的南京。他看中秦淮河滨这块宝地，建成了江南第一座佛寺——建初寺。"南朝四百八十寺"，坐落于秦淮河畔长干里的建初寺，是第一座。建初寺，从此成为南中国的第一个佛教据点。南京从此成为佛教的根据地。不久后，这里又建起了阿育王塔，供奉佛祖真身舍利。阿育王塔的位置，就在今大报恩寺遗址之上，这是江南的第一座佛塔。

东晋以后，建初寺改名长干寺。北宋时，寺僧可政得到唐三藏玄奘大师顶骨舍利，在寺中建塔瘗藏。天禧元年（1017），长干寺改名天禧寺，塔改名圣感塔。元至元二十五年（1288），诏改寺名为元兴慈恩旌忠教寺，改塔名为慈恩塔。永乐十年（1412），明成祖朱棣为纪念其父母养育之恩，敕令新建大报恩寺塔。大报恩寺与天界寺、灵谷寺并列，是明代南京三大寺之一。

从建初寺到大报恩寺，一千多年，秦淮河滨、长干里畔一带，历来是佛教的宝地。此地有佛祖真身舍利，有《永乐南藏》经版，有康僧会、可政、弘恩等历代高僧，佛宝、法宝、僧宝，大报恩寺三宝俱全。更有趣的是，后来以三宝太监闻名于世的郑和，不仅率领船队万里远行，也负责大报恩寺塔的建设。在这座琉璃宝塔下，郑和沐浴过三宝佛光。从六朝开始，以舍利为象征的佛光，从南京照耀中国，辉映四海。

人世沧桑，如今早已不再是大明王朝，但是，盛世清明，称之为"明时"，也自无妨。

第一副对联，写给2016年盛世重光的大报恩寺塔：

> 三宝恩光，从建业照临四海，
> 千年法脉，自明时远溯六朝。

盛唐时代，诗仙李白走遍天下，却无比热爱南京。在他写过的众多歌咏南京的诗篇中，有一首脍炙人口的《长干行》，其中最广为传诵的是这样几句：

> 妾发初覆额，折花门前剧。
> 郎骑竹马来，绕床弄青梅。
> 同居长干里，两小无嫌猜。

"青梅竹马""两小无猜"是属于长干里的典故，也可以说是大报恩寺的典故。

灯会佳节，张灯结彩，熙熙攘攘，每一处，每一刻，都透着世俗的祥和欢乐。这是恋人携手、情侣相约的好时辰。北宋文学家欧阳修写过一首词——《生查子·元夕》，专咏元宵佳节：

去年元夜时，花市灯如昼。月上柳梢头，人约黄昏后。
今年元夜时，月与灯依旧。不见去年人，泪湿春衫袖。

若无月上柳梢、人约黄昏，饶有"元夜""花市"和灯会，怕也会黯然失色。"火树银花"，始于人间的工艺造作，终于世俗的喜乐欢腾。初唐诗人苏味道的《正月十五夜》，笔下尽是尘世的欢乐：

火树银花合，星桥铁锁开。
暗尘随马去，明月逐人来。
游妓皆秾李，行歌尽落梅。
金吾不禁夜，玉漏莫相催。

此后，"火树银花""金吾不禁"等，演变成描写元夕灯会欢乐景象的套路。

"报"是中国文化的关键词之一，涉及人与人、人与自然、国与国之间等多种关系范畴，蕴涵丰厚，旨义深微。已故哈佛大学教授、史学家杨联陞先生专门写了一本书，只为阐发"报"的深义。

显然，"报恩"是"报"的核心内容之一。人生在世，待人接物,立功立德,都离不开"报恩"的文化精神。

第二副对联,写给大报恩寺遗址公园的元夕灯会:

休孤负良辰,竹马青梅,此地偏宜约会黄昏后;
最难逢盛世,银花火树,今宵相映报恩明月中。

盛世良宵,明塔美景,岂容辜负?岂能辜负?

"明塔"相伴,见证"灯宵"。"明塔",既是说大报恩寺塔原建于明代,又指它是一座光明之塔,语义双关。"灯宵"自是指元夕,灯火是光明,更是温暖。"千年报恩",既是说历史上的千年遗址,也是在展望未来,含有滴水之恩当涌泉相报之意。"一夕"与"千年"对举,为的是突显对仗的张力。

从青梅竹马、两小无猜的长干里,到人约黄昏、火树银花的璀璨宝塔,贯串着一条爱情的红线。

也许,这就是月老手中握的那根红绳。

此时此际,此情此景,合当有第三副对联:

一夕灯宵牵手,
千年明塔报恩。

附录：

金陵大报恩寺遗址公园碑记

金陵为六朝帝王之州，江南佛教始基之地。东吴赤乌十年（247），西域康国沙门僧会于秦淮水滨筑建初寺，是为江南佛寺之祖。淮水之滨长干里，复有阿育王塔，供奉佛祖真身舍利。其地在今大报恩寺遗址之上，是为江南佛塔之祖。东晋以后，改名长干寺，六朝诸帝多幸焉。北宋端拱元年（988），僧可政得唐三藏玄奘大师顶骨舍利，于长干寺建塔瘗藏。天禧元年（1017），寺改名天禧，塔改名圣感。元至元二十五年（1288），诏改寺名为元兴慈恩旌忠教寺，改塔名为慈恩塔。永乐十年（1412），明成祖朱棣为纪念明太祖暨马皇后（一说为纪念其生母硕妃）生育之恩，敕令新建大报恩寺，规模宏壮，世罕其比，历时二十年而始成，成祖亲题寺额。又造九级浮屠，高耸入云，五色琉璃，熠熠生辉。中外游客到此，莫不顶礼赞叹。西人称其为中国瓷塔，列为当时世界七大奇迹之一。咸丰六年（1856），太平天国天京事变，寺塔并毁，历百五十年，此劫难复，令人浩叹。

2010年6月12日，佛祖真身舍利于长干寺地宫出土，千年瘗藏，一旦重光，固佛法之祐护，实盛世之祥征。南京市委市政府顺应民意，修建大报恩寺遗址公园，保护遗址，光大传统，昔日丘墟,今代华堂,骋目游观,民心欣忭。大连万达集团王健林董事长乐善好施,热心公益,慷慨捐资十亿元,以弘扬古都文化,续写名城因缘,传承历史记忆,促进社会和谐,利民义举,善莫大焉。因立碑镌记,铭其功德,垂示方来。铭曰:

  暮鼓晨钟,长干故里。
  云集龙翔,国运崛起。
  胜迹重光,顺民终始。
  禅慧攸居,千秋万纪。

石头城下长板桥

走在板桥之上,脚下笃笃的声音,是很有诗意的。唐代温庭筠有一句名诗:"鸡声茅店月,人迹板桥霜。"耳边刚刚听到茅店的鸡叫之声,眼前早已有足迹印在桥板之上。若不是霜重的清晨,怕不会显出脚印来的吧?声音和脚印,反衬出清晨乡野的静谧和空阔,此际无人,无尘杂,只有无尽的时空,独自与行人相对凝望,脉脉无语。

诗曰:"十里蜿蜒弄水柔,高城耸翠一天秋。心知万树垂青睐,轻束腰身过石头。"说的就是这个地方。

板桥能言,早行人的脚步声,就是他的言语,一声声送入清晨的耳鼓。

  你在桥上看风景

  看风景的人在楼上看你

  明月装饰了你的窗子

  你装饰了别人的梦

读卞之琳的《断章》，我一厢情愿地想象，看风景的桥，就是一座木板桥。在古代中国，城乡各地遍布板桥，有的是石板，有的是木板，因地制宜。南方水多，板桥也多。每一座板桥，都有专属自己的记忆，在行人的眼中，也都是一幅风景，适合写入中国画。

板桥是古典的，也是南京的。跟温庭筠诗几乎一样有名的，是那本写明清之际南京旧院风物的《板桥杂记》。读过《板桥杂记》的人，最终的印象，应该有一座牢牢嵌入记忆深处的板桥，四周栉比着明清之际夫子庙的河房，青衿熙攘，红袖招摇。现今夫子庙周边，沿河还有很多桥，可惜都是水泥的，连石板都不是，更不是木板，那就谈不上自然的呼吸了。

外秦淮河上，这些年架起不少新桥，车水马龙，颇便两岸居民往来。不过，车声如雷，大多时候显得嘈杂，让人心生烦躁。只供行人使用的步行桥，即使窄一些，也特别珍贵，石头城边的那座步行桥，贴近我平日的生活，格外可亲。

这座板桥是前几年才搭起来的，用"搭"这个字，是为了轻盈、平易一些，其实桥墩仍是水泥的，搭建也费了不少工夫。桥面的木板，一条条排列得很整齐。桥的东岸，是青翠的清凉山，苍凉的石头城，环境氛围很惬合。桥的西岸，高楼林立，是钢筋水泥的丛林，横躺于这一排丛林身边，这座木板桥集万千宠爱于一身,就不足为奇了。

石城板桥之上,天天重演着《断章》中描绘着的风景,你、桥、风景、人、明月、窗、梦,每个元素都不缺,每个元素都变成了复数,卞之琳的诗,好像天生为这座桥写照。说到风景,高楼的窗、天空的月,明亮闪烁,在夜里相映。

最吸引人的还是石头城,俗称鬼脸城的,几年前,四周还是棚户,杂乱无章,穿过一条叫西芦柴场的小巷,才看到重重包围中的石头城。现在从河西过桥,走几步便到了城下。面对那张历经沧桑的鬼脸,无论是谁大概都会自感年轻,且不那么丑陋。城下有一口小池潭,形如圆镜,夜月幽幽,鬼脸顾影自怜,少有人知。清代的金陵四十八景,有"石城霁雪",雪后天晴,白茫茫一片,适合登高远望,负暄闲行。今天的石城背山面水,对着板桥,与当年自有一番不同的滋味。

倚桥栏远望,秦淮河于此转弯,蜿蜒中划出一条漂亮的曲线,流水汤汤,涌向江口。偶有一两艘画舫飘过,悄悄地,没有多少声息。画舫可以北上江口,南下到赛虹桥,再往东直到武定门、夫子庙,乘船慢游,看山看水,看水面的风,看水底的影,都很逍遥。只是票价太高,问津者少。有一阵报上说,管理部门有意利用这条水道,开通水上巴士线,可以缓解陆上的交通拥堵,这倒是个不错的主意,至少游秦淮河不用花太多钱。

可惜当时说得热闹,却只听楼板响,不见人下来,时间倒过去两三年了。

　　早晚上下班高峰,这桥是一个便捷通道,匆匆而过的人,奔向忙忙碌碌的一天,是没有工夫停留的。偶有二三闲人驻停

石头城遗址(林琨 摄,2015年)

桥上,张望风景,流水照影,闲忙相对,这场景也是生活中司空见惯的。步行桥照例不能通车,骑自行车、电动车的,要下车推行。也有人贪图方便,见到人少,就呼啸着冲过桥去,板桥经不住折腾,有些地方螺钉松动,有几块木板已经损坏了。

石头城下长板桥

黄昏的时候，桥上人最多，汹涌如市。天稍一热，乘凉的人就三三五五地出来，有人干脆拎个马扎，坐在桥上，连扇子都不用摇，节能减碳。桥头就来了卖东西的小贩，在地上摆些小杂物，风筝、风车、铁环、溜溜球，还有小孩子的玩具、食品，一会儿，就有路人闲客围上来，不必担心缺少主顾。好几次看到卖铁环的，我都想买上一个，轰隆隆地一路滚过桥去，给小朋友们秀一把。小时候我玩得不错，现在这把年纪了，再玩滚铁环，未免幼稚可笑，终于忍住了技痒。

这两年，桥头遛狗的人越来越多，狗见了狗，也会耍"狗来疯"。大的小的，黄的白的，从小比熊到大金毛，只要碰到，彼此嗅一嗅，就当打过招呼，接下来便你追我，我追你，随处都是他们的游乐场，直到抱在一起，在地上滚成一团。狗主人则或站或坐，有一搭没一搭地瞎聊。只差击壤而歌，就是太平盛世的景象了。

白天晚上，也不拘季节，桥头放风筝的人都不少。天黑了，风筝便亮起来，在天上一闪一闪的，远远的一点一点，抬头望去，像星星。如此仰望星空，最实际的益处，据说是有利于防治颈椎病，往大了说，还能心随白云，浮想联翩。城市中难得看见满天繁星，这种人造的星罗棋布，也便聊胜于无了。

"九如"是什么?

儒家经典《尚书·洪范》中,说到夏禹用来治理天下的九大纲领,也就是所谓"九畴"。其中第九畴,是用"五福"作为正面目标,引导人民去追求。所谓"五福",就是

寿、富、康宁、攸好德、考终命。

"五福"是"九畴"之一,而长寿被列在"五福"之首,可见古圣先贤对长寿的重视。另一方面,长寿又只是"五福"之一。如果没有精神的健康和内心的宁静,不崇尚美德,那样的长寿,不但没有尊严,不受尊敬,甚至会丧失作为"五福"之一的意义。

长寿必须基于德行才有意义,才是真正的幸福,这是中国古代人对于长寿的理解,也是对于幸福的理解。古人对于"寿"字有这样一种解释,认为"寿"就是"酬",报酬的酬。这本来是一种声训,寿、酬两字音近,读起来朗朗上口,很容易记。所谓"酬",其实是强调寿是上天对有德之人的酬报。有德者必有

寿，德无量，寿也无量。这是中国人的传统信仰，至少，从《诗经》时代开始，就有这样一种信仰。

《诗》三百篇，分别属于《风》《雅》《颂》。《雅》又分为《大雅》和《小雅》。《小雅》中有一篇名为《天保》，里面有一段堪称最古老、也是最为传统的祝寿辞：

> 如山，
>
> 如阜，
>
> 如冈，
>
> 如陵，
>
> 如川之至，以莫不增……
>
> 如月之恒，
>
> 如日之升，
>
> 如南山之寿，不骞不崩，
>
> 如松柏之茂，无不尔或承。

后人把这段传统的祝寿辞，简称为"九如"。如果翻译成白话文，那就相当于说：

> 祝您长寿，
>
> 如同大山，

如同小山,

如同山冈,

如同丘陵,

如同奔涌而来的大河,滔滔不绝,……

如同上弦月逐渐满了,

如同太阳正在东升,

如同南山长寿无穷,江山万年不亏崩;

如同松柏茂盛,子子孙孙相传承。

《诗经》中的九如,《尚书》里的九畴,都有一个"九"字,正可以用来祝贺我们的寿星——王绵先生的九十大寿。王绵先生是有德之人,理当享有长寿之福。

王绵先生是王伯沆先生的女儿。王伯沆先生名瀣,字伯沆,号冬饮,是民国时代的著名学者,也是南京大学中文系的首任系主任。他历任南京高等师范学校、中央大学教授,垂三十年。抗战期间,他因病留居沦陷区的南京,坚贞守道,皭然不污,气节令人钦敬。国民政府曾明令表彰,称其为当代耆儒。1998年,我代表南京大学中文系,去老门东仁厚里(现在的边营98—1号)参加王伯沆周法高纪念馆开馆仪式,第一次走进王伯沆先生的故居,也第一次见到王绵先生。屈指算来,纪念馆开馆至今已经十八年了,而纪念馆馆长王绵先生也迎来了她的九十华诞。

光阴如箭,岁月如梭。民国三十三年(1944),王伯沆先生不幸病逝的时候,王绵先生才十七岁。四年后,也就是民国三十七年(1948)八月,江苏省立国学图书馆就刊登了《冬饮庐遗诗》;同年九月,由当时的南京市文献委员会通志馆印行的《南京文献》第二十一号,接着出版了王伯沆先生遗稿四种,也就是《冬饮庐文稿》《冬饮庐诗稿》《冬饮庐词稿》《冬饮庐藏书题记》,另外还有附录,收入王伯沆先生父亲王杰撰写的《馀生偶笔》。这几种文本都是由王绵先生整理的。当时,王绵先生才二十一岁。在整理父亲遗稿的过程中,她极为认真细致,凡手稿中有异文,她都存录以备他日校雠之资,体现了高度的文献学专业意识。

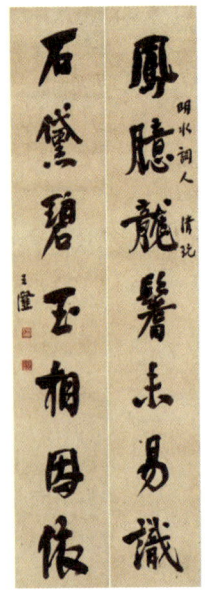
王伯沆先生书法

众所周知,王伯沆先生一生好学,博览群书,他的习惯是一边读书,一边校雠批点,经常用五色笔批点,丹黄不离手。他的读书心得,多数就散见于这些批校之中。王绵先生将这些批校之语移录下来,汇辑成《冬饮庐读书记》。她又进一步将《冬饮庐读书记》与前四种著作合编,加入友好门生追思王伯沆先生的文字,以及王杰先生《馀生偶笔》,合编为《王冬饮先生遗稿》。这是民国三十八年(1949)正月的事,王绵先生那时才二十二岁。这部《王冬饮先生遗稿》,随着王绵先生的夫君、著名语言学家周法高先生飘洋过海,到了台湾,后经周法高先生整理校订,于1962年由台北的中国文化研究所出版。

两岸三通之后,王绵女士又积极奔走,筹划出版《冬饮丛书》,将王伯沆先生批点过的经子集部典籍集中影印,公之于世。她与扬州广陵古籍刻印社合作,出版了《冬饮丛书》第一辑和第二辑,其中包括王伯沆批点的《四书集注》《荀子》《淮南子》《杜甫诗》《孙可之文录》《倪文贞诗集》《长离阁诗》《阮集之所著诗》《清词四家录》《红楼梦》等,学术价值和文献价值都很高。可以说,今天要了解王伯沆先生的学术思想以及学术贡献,要研究清末民初的学术史,都离不开上述王伯沆先生遗稿五种,也离不开这套《冬饮丛书》(我们期待这套丛书早日完成出版)。这些著作都是经由王绵先生之手,才与学术界、文化界见面的,沾丐后学多多。作为一个受惠者,我个人要在这里向王绵先生致敬。

王绵先生一生孜孜不倦,不辞辛劳,奔走于两岸,保存了边营98—1号的王伯沆故居,建立了王伯沆周法高纪念馆,维持了纪念馆的运行,传承并传播了父亲和夫君的学术。从私的角度来说,她是王伯沆先生的孝女,从公的角度来说,她为学术文献的保存和中国文化的传承,做出了一份突出的贡献。

贺王绵先生九十寿联

汉末大学者蔡邕,字伯喈,因为当过左中郎将,又被人称为蔡中郎。蔡伯喈不幸死于离乱之世,他的遗书遗稿,全靠女儿蔡琰(字文姬)整理,才传承于后世。唐代大诗人韩愈曾经这样称赞蔡琰:"中郎有女能传业。"诗句中的"业",指的是学业,也就是学术文化。韩愈的这句诗,可以借用来为王绵先生写照。东汉还有一位著名学者兼诗人梁鸿,字伯鸾,娶妻孟光。这一对夫妻志同道合,同甘共苦,孟光举案齐眉的故事,早已传为千载佳话。王绵先生与周法高先生,也是这样的模范夫妻。

欣逢王绵先生九十寿辰,谨撰九言联语一副,以当侑觞之颂:

伯喈有女兮伯鸾有妇;
天锡九畴也天保九如。

祝王绵先生健康长寿!

248　　山围故国

第四辑 王谢邻里

这样的爹不坑白不坑

仙林大学城,在灵山北路与学则路交叉口,坐落着梁临川王萧宏墓。前几年经过整修,现在已经是像模像样的遗址公园了。

临川王萧宏是梁武帝萧衍的同父异母兄弟。梁武帝兄弟十人,人多势众。俗话说:"打仗亲兄弟,上阵父子兵。"十兄弟虽然不是一母同胞,彼此关系却还不错。梁武帝排行老三,萧宏排行老六,关系更是非同一般。

梁武帝早年无子,直到三十八岁那一年,才得了个宝贝儿子萧统。在此之前,是老六把自己的一个儿子萧正德,过继给哥哥,充当梁王的世子。可惜,萧正德时运不济,没有当太子的命。在梁武帝登基前一年,萧统呱呱坠地,萧正德的太子梦宣告破灭,只得回归本宗。

按说,伯父做皇帝,亲爹做扬州刺史(相当于北京市委书记兼北京军区司令),也够萧正德嘚瑟了。可是,梦想太美丽,撕破太容易,这美梦被强行中断,他的郁闷,他的失落,他的破罐子破摔,完全可以理解。萧正德后来投奔梁朝的敌国北魏,侯景之乱后,他又趁火打劫,自立为皇帝,一副多年苦大仇深、今日报仇雪恨的样子,从来不替他爹着想。论起来,他算得上坑爹界的大家、前辈。不过,讲真的,他爹与梁武帝的关系真铁,这样的爹,不坑白不坑。

梁武帝得了天下,兄弟们人人有分,鸡犬升天。萧宏既不能领军打仗,也不能治国理政,几乎一无是处,但天下少不了他的一份。有一次,他率兵出征,手下兵强马壮,武器精良,他却畏缩不前。北魏派人送来一副巾帼,还编了段子羞辱他,称他为"萧娘",也激发不了他的斗志。最终,梁军大败于洛口,萧宏临阵逃亡,被人讥笑。可他仗着跟梁武帝的关系,扶摇直上,司徒、太尉、侍中、扬州刺史,照样高官得做,骏马得骑。扬州刺史掌握首都建康的军政大权,梁武帝把这个要害职位交给他,可见对他信任有加。梁武帝知道,这个弟弟虽然贪得无厌,骄奢淫逸,但政治上并没有野心,自己的卧榻之旁,不妨容此君酣睡。

萧宏的私生活史,就是一部骄奢淫逸的土豪史。他的临川王府第,建造得富丽堂皇,可以跟皇宫比美。府里美女成群,尽是天下的绝色佳丽。他最宠幸的妃子,叫作江无畏,吃穿用各项需索,有求必应,而且都要最好的、最豪华的。这江无畏有个癖好,她就爱吃鲫鱼头。这是土豪的趣味,一般人不容易体会。这鲫鱼头有什么好吃的,但江妃子乐在其中,一天下来,就要三百来条鱼，至于其他珍馐美味，就更不在话下了。厨房准备得太多，经常吃不完，就扔在路边，有钱人就是这样任性。

萧宏对江无畏这么大手笔，对自己当然也不会小气。他有御弟的身份，又大权在握，要捞什么有什么。这方面，他的才干、他的热情、他的创意，旁人望尘莫及。他用各种手段聚敛来的财物，堆了近百间库房，都在他内室后面，锁得很严实，甚至对身边人也保密。有人怀疑这里边藏的是兵器，于是密报朝廷。风言风语，恁是哥俩情深，梁武帝听了也难免犯嘀咕，这老六别真有什么想法啊。

萧宏宠爱江无畏，整天粘在一起。梁武帝找了个好借口，说要送佳肴给江氏，并且说："我要去你那儿吃饭。"说罢，就带上一个旧时的朋友、射声校尉丘佗卿前往。到了萧宏府上，兄弟俩推杯换盏，喝了起来，江氏也在旁边相陪。喝到半醉，梁武帝突然对萧宏说："我要到你后房去看看。"说完，不由分说就叫上看管后房的人直奔库房。

当下，萧宏吓得脸色都变了。其实，他只是害怕武帝发现他囤积的财物而已。武帝却以为他做贼心虚，猜想里面可能真是兵器。他挨间查看，没想到大开了眼界。原来，萧宏生性爱钱，把一百万串在一起，贴一张黄帖；一千万作一堆，悬挂一个紫色的标签，硬是堆了三十多间。武帝和丘佗卿粗略点算，共有钱三亿多。还有的房子里藏的是丝绸绢绵，外加漆、蜜、白蜡、朱砂、黄屑、杂货等,琳琅满目,数都数不过来。至于兵器,一件也没有。这下武帝彻底放心了,他对弟弟转出一张笑脸:"阿六,你真是会过日子啊!"兄弟俩回到前厅,接着喝酒聊天。自这事之后,哥俩关系更加亲近和睦了。

萧宏有个小舅子吴法寿,人如其名,当真无法无天。他倚仗姐夫的权势,杀人越货,胡作非为。"无法受"被有关部门调查,躲进萧宏府里,有司干瞪眼没办法。官司一直打到梁武帝那里,皇帝为了平息民怨,堵住悠悠之口,勒令萧宏交出人犯,并将萧宏免职,以示惩戒。此后有一天,梁武帝要去光宅寺,途经秦淮河边的骠骑航,遇到刺客,有人说那就是萧宏指使的。估计是别人栽赃,我反正不太相信。因为事后不久,萧宏又官复原位,从反面证明没有这回事儿。否则,这么大的案子,梁武帝岂能善罢甘休?

照我看来,萧宏对于权力,尤其是权力巅峰的九五之位,即使有贼心,恐怕也没有那个贼胆。他对钱货倒是兴趣大大,大到不可理喻,简直让人受不了。西晋时代有位作家鲁褒,曾经写过一篇《钱神论》,讽刺时人对金钱的崇拜,嬉笑怒骂,脍炙人口。梁武帝的二儿子、很有诗文才华的豫章王萧综,特别鄙视萧宏的贪婪。六叔这副德行,实在让他忍无可忍。于是,他提笔写了一篇《钱愚论》,把叔叔讥笑痛骂一顿,算是出了一口气。没想到,梁武帝不欣赏儿子的文才,却偏袒弟弟,责怪儿子此文不利于维护和谐稳定的大局："天下有那么多文章好做，你干嘛非要做这篇！"还下令萧综收回此文。可惜，文章早已不胫而走。在舆论压力下，萧宏脸皮再厚，也不得不有所收敛。

刺客一事是《南史》上说的，《梁书》没有。《南史》又爆了一个更猛的料，说萧宏与梁武帝女儿永兴公主私通，还谋划刺杀梁武帝，取而代之。事成之后，永兴公主当皇后。于是，在宫中的一次斋会上，永兴公主密派两个男僮，扮成女婢，混在服侍的婢女中，伺机动手，只是这两人不小心露了马脚，刺杀计划功败垂成。事后，梁武帝只把女儿逐出宫廷，并没有拿她怎么样。自从盘古开天地，三皇五帝到于今，历史上曾有过这样便宜的事吗？

梁代的人物传记，通常是《梁书》的文字比较简要，叙述也比较雅正，而《南史》则掺入好多遗闻佚事，添枝加叶，添油加醋，情节生动，可读性强，但不见得可信。《南史》所载萧宏两次刺杀梁武帝的事，依我看，就是子虚乌有的事。很有可能，这是取代梁朝的陈代或者取代南朝的隋唐人，对萧宏、也是对前朝的抹黑。试想，如果真有这样的事，哪怕只有一次，萧宏的小命还保得住吗？更不用说死后有那样宏大的葬礼，有那样豪华的陵园。

去年深秋，我路过这个豪华的陵园，便进去看了一眼。有几树经霜的红叶，也有几棵绽芽的新柳，一起在秋风中摇曳，

萧宏石刻公园中,萧宏墓葬石刻四周已经建起亭子,并用玻璃罩保护。

恍惚之间,不辨春秋。公园外墙不远,就是一个新的楼盘,长臂吊车正在热火朝天地忙碌着。于是颇有感慨,口占七绝二首:

  经霜秋叶似红霞,新柳迎风发嫩芽。
  旧日王侯陵寝地,几滩野水照芦花。

  一脉灵山足迹疏,九原曾是帝王居。
  等闲百岁千秋后,舞爪张牙有吊车。

美女莫愁的隔壁老王

前几天是西方的"情人节",凑热闹的、看热闹的,都热闹了一回。一年一度,隔壁老王又成为时髦话题,红火了一回。事实上,这几年,隔壁老王越来越火,越来越忙碌,大有一跃而为"网红"的势头。或者竟已成为"网红",只是我孤陋寡闻,有所不知。至少,谁也不能否认,"隔壁老王"已经成为一个网络新词,一个"今典"。

关于这个"今典"的具体来历,我说不清楚,需要另请高明。我感兴趣的是它与莫愁的关系。无巧不成文,美女莫愁的隔壁也住着一位老王。

要说莫愁的隔壁,先要说莫愁家在何处。"莫愁在何处,莫愁石城西。"乐府诗中早就说过了。这石城,一说在湖北钟祥,一说在南京。比较下来,显然南京说的影响更大,更广为人知。且不说南京有座石头城,因而得以别称石城;众所周知,南京城西现摆着有个莫愁湖,湖畔有一座郁金堂,那就是莫愁的家。这郁金堂是湖景房,湖光潋滟,风景宜人,环境不错,面积也不太小,让莫愁住在这里,不算太委屈她。是谁做主让莫愁

南京莫愁湖公园内的莫愁像

南京莫愁湖公园内,郁金堂旁边的胜棋楼

定居此地，那是说来话长的故事，我在别处说过，这里就不再"韶"了。

只可惜这郁金堂旁边，还有一座明太祖朱元璋与其大将中山王徐达下棋的胜棋楼。君臣下棋，每回都是太祖爷获胜，太祖爷高了兴，便把这座楼赐给了徐达。太祖爷和中山王，堪称明初的两个大"英雄"。把"英雄"的胜棋楼，建在"美人"的郁金堂之侧，有道是，"英雄难过美人关"。古往今来，"英雄"大抵都爱"美人"，"英雄"身边不能没有"美人"，二者交相辉映，可以生出许多话头，好的夕的，皆能成为佳话。

让徐达将军做莫愁的芳邻，似乎尚无大碍。若让太祖爷住莫愁的隔壁，真是唐突西施了。太祖爷疑心重，杀气大，此心此气万一弥漫开来，隔壁的莫愁就缺乏安全感。这么说来，胜棋楼的选址，可能欠了点讲究。出生南京的当代作家周而复，从年轻时就只喜欢郁金堂，而不喜欢胜棋楼。今天到郁金堂，似乎还能感到高大的胜棋楼对郁金堂的"碾压"之势，危乎殆哉！

归根究底，其实，郁金堂也是假古董，是好事者附会出来的。那郁金堂的墙上，赫然抄录着相传为梁武帝所写的《河中之水歌》：

> 河中之水向东流，洛阳女儿名莫愁。
> 莫愁十三能织绮，十四采桑南陌头。
> 十五嫁为卢家妇，十六生儿字阿侯。

美女莫愁的隔壁老王

> 卢家兰室桂为梁，中有郁金苏合香。
> 头上金钗十二行，足下丝履五文章。
> 珊瑚挂镜烂生光，平头奴子擎履箱。
> 人生富贵何所望，恨不早嫁东家王。

第八句（"中有郁金苏合香"）是亮点，这也是"郁金堂"的"宇宙爆炸原点"。照这首诗里说，莫愁是洛阳女儿，嫁到当时的一等豪门卢家。卢家有钱有势，既富且贵，莫愁既是少奶奶，当然吃穿不愁，锦衣玉食，按说应该没啥遗憾了，可是，更大的亮点来了，"恨不早嫁东家王"！

古人说隔壁，都喜欢说东家，不太喜欢说西家。当年，楚国大才子宋玉好吹牛，他写《登徒子好色赋》时，吹嘘说：全楚国最美的美女，都在他们村，他们村最美的美女，就在他家隔壁。他东边隔壁家的那个美女，"增之一分则太长，减之一分则太短，著粉则太白，施朱则太赤，眉如翠羽，肌如白雪，腰如束素，齿如含贝，嫣然一笑，惑阳城，迷下蔡"。倾城倾国，真是美得不可思议。更不可思议的是，这位楚国头号大美女成天趴在墙头偷看宋玉，眼里不断放电，宋玉就是无动于衷，害得美女单相思，都好几年啦。虽然宋玉说的是东家女子，不是隔壁老王，不过，有了"东家"，"东家王"也就一步之遥了。"东家王"，就是现成的隔壁老王。

"东家王"的始作俑者，也许是南朝人，也许是梁武帝，也许更早。至迟在《河中之水歌》中,隔壁老王已经闪亮出场。男一号在台上甫一亮相,女一号美丽而幸福的眼中,马上浮出了一丝幽怨:

> 人生富贵何所望,恨不嫁与东家王。

这个"东家王"名叫王昌。据《襄阳耆旧传》记载,王昌字公伯,为东平相、散骑常侍,人地双美,尽管我们暂时还不能确定,他的家族背景是琅琊王氏,还是太原王氏,至少足以与卢家抗衡。唐代诗人崔颢有一首《王家少妇》:

> 十五嫁王昌,盈盈入画堂。
> 自矜年最少,复倚婿为郎。
> 舞爱前溪绿,歌怜子夜长。
> 闲来斗百草,度日不成妆。

在唐朝人眼里,"十五嫁王昌"是无比幸福的事,大可以嘚瑟一番。嫁不到这样的好人家,想想总是可以的吧。所以,上官仪《和太尉戏赠高阳公》诗也说:"南国自然胜掌上,东家复是忆王昌。"

不过,崔颢笔下的这个"王家少妇",多半不是莫愁。尽管王昌很可能是莫愁的真爱,否则,元稹《筝》诗里不会那么公然

金陵四十八景之"莫愁烟雨"

地说:"莫愁私地爱王昌。"可是,悲剧还是发生了:由于种种原因,他们最终没有走到一起,这让中古诗人们叹喟不已。"本来银汉是红墙,隔得卢家白玉堂。谁与王昌报消息?尽知三十六鸳鸯。"这是李商隐的《代应》诗。李商隐只渲染了一下阻隔难通的怅惘之情,不再细说这中间的故事曲折。我相信,对此人此事,李商隐、元稹是知道一二的,只恨他们少了一点八卦精神,后人只好徒叹奈何!

美学家说,欢乐中挟带一些忧伤,满足里掺杂一点遗憾,这样才有美感。我看是有道理的。

金陵奇人刘虚白

金陵市井繁华,贩夫走卒,卧虎藏龙。北宋刘虚白就是其中一位奇人。

刘虚白擅长三辅学堂,《宋史》曾经著录过他的一本书,就叫《三辅学堂正诀》,虽然只有一卷,却凝聚了他的心得体会,不容小觑。"三辅"一词,一般是指西汉时治理京畿地区的三位官员:京兆尹、右扶风、左冯翊,也指这三位官员管辖的地区。不过,这里的"三辅"是相面术中的术语,指上辅学堂、中辅学堂、下辅学堂,是三种面相,所主官运各不同。此"三辅"不是彼"三辅"。

刘虚白的相术,在当时的名气可大了,铁口直断,准得让人害怕。宋代的枢密院和政事堂合称两府,一个管军事,一个管政事。这刘虚白相面,只相两府高官,其他人想找他看,一个字:难!据说他曾给著名散文家曾巩看过相,结论是:"曾巩是乞儿。"弄得曾巩好没面子。的确,曾巩虽然名列唐宋八大家,官运实在不怎么亨通。

他为两个人看过相,江湖上传得最玄。一个是陈执中,他当抚州通判那会儿，曾碰上麻烦，朝廷派了使者来调查他。所有人都替他捏了一把汗。刘虚白却说，没有事，你且放宽心。将来，你要做到宰相的。果然，那使者半路被召回去了，证实这不过是一场虚惊。对于身处逆境的人，他的目光就像《蓝莲花》中唱的那样，能够"穿过幽暗的岁月"，看到光明的前景，这就是刘虚白的本事。

另一个人的事，恰恰与此相反，自我感觉良好，踌躇满志，结果却大不是这么回事。这一位就是名人王安石的父亲，名叫王益，当时正在韶州太守任上。他自以为是公辅之才，不让他做宰相，简直是"暴殄天物"。韶州在今天广东韶关，是唐朝名相张九龄的故乡，当地有一座张九龄庙。故老相传，这个庙甚有灵应，号称神庙，命中能做两府大员的人，从庙前经过，必定下雨，即使前一刻还是阳光灿烂，也照下不误。

我猜想，这个故事背后的意思，大概是说，张九龄毕竟是做过宰相的人，人伦鉴识不凡，知古、知今、知未来，他的话肯定靠谱。看见本朝大员来了，前朝老臣感动得落泪，也合乎人情物理。王益于是试了一下，他从庙前经过，果然下雨了，这下他深信不疑，更自负了。

回到金陵后，他这嘚瑟劲儿还没过去，有一天，他穿戴得特别齐整，专程去看刘虚白，请刘虚白替他掐算一下，他几时可以入两府。就像《狮子王》中那只不经世事的小狮子辛巴唱的，I just can't wait to be king。殊不料刘虚白不唯官，只唯实，明确告诉他："得了吧您呐，别做那白日梦，你命中只能做到都官。"王益大怒，就想找个小鞋给他穿。欲加之罪，何患无辞，刘虚白后来的确也吃了些苦，不过，刘虚白的预言并没有"虚白"，王益最终只做到都官郎中而已。张九龄庙下雨，说不定是照顾王安石的脸面。或者，几百岁的老宰相眼力昏花，把王益错看成他的儿子王安石了。

人是抗不过命的，功名富贵什么的，想不开也不行。在这一点上，欧阳修就比王益好得多。刘虚白大概也给欧公看过相，所以，欧公有《送刘虚白》二首：

> 秘诀谁传妙若神，
> 能将题品遍朝绅。
> 因言祸福兼忠孝，
> 吾爱君平善诲人。

> 我嗟羁锁若牵拘，
> 久羡南山去结庐。
> 自顾岂劳君借誉，
> 偶然章服裹猿狙。

第一首是恭维刘虚白,不妨看作应酬话,"吾爱君平善诲人"关合人我双方,可见虚怀若谷。能体会到高明的相术,原本是一门"诲人"之术,理解力就非同小可。第二首偏重自我省思,看这诗的境界,特别是最后一句,能够认识到章服只是表象,只是偶然,猿狙才是本质,单说这一点,就比王益不知高到哪儿去了,真值得王益学习。

写到这里,不禁想起当代的那一位王益,遂掷笔长叹。

那时的建业关山

很多年前,就在栖霞山千佛岩的佛龛中,看到胡恢的篆书题名。隔了将近一千年,他的名字依然清晰,像才刻上去不久。于是,我牢牢记住了这个名字。抚摩龛壁上胡恢的题名石刻,仿佛时空穿越,滚滚长江倒流,带我们回到苏轼和王安石的那个时代。

那个时代的南京城里,住着王安石,也住着胡恢。

胡恢是南京本地人,北宋中期的书法名家。他的书法造诣是比较全面的。据《墨池编》卷六记载,他曾摹写过东晋王羲之的帖,刻在句容雷平山,句容当时属于升州。句容的茅山是道教名山,庆历二年,晏殊曾撰《茅山五云观记》,刻石立碑,书丹者也是胡恢。嘉祐年间,北宋在首都开封太学刻立石经,用的是楷书和篆书两种字体,胡恢是篆书的书写者之一。但嘉祐石经原石早已毁损,无从确认哪些是胡恢的书迹。今天,真切可见的胡恢篆书石刻真迹,只有栖霞山的这个题名了。

胡恢也是一位诗人。他博闻强记,诗才敏捷,擅长对偶,反应特别快。宋仁宗时,状元出身的宰相宋庠因事被贬为扬州太守。有一天，宋庠在平山堂宴请宾客，胡恢也在其中，当真是"谈笑有鸿儒，往来无白丁"。没想到，座中有一位名叫方圭的武士，自我感觉太好，喋喋不休地朗诵自己的诗作，令人生烦。

这时，宋庠恰巧看到堂下有一只野牛，正靠着一棵大树，使劲地以背摩擦树干来止痒，他有感而发，就面向胡恢，悠悠地吟出一句七言诗来："野牛恃力狂挨树。"胡恢会意，立即接了下句："妖鸟啼春不避人。"即兴作对偶，工整不说，还很切合当下情景，戏谑幽默，引起哄堂大笑。那方圭也听出讥讽之意，恼羞成怒，抒起胳膊要打胡恢，众人赶紧上前拉住。

其实，这事错不在胡恢。要说错，就得先说方圭，没有自知之明，狂妄自大，不识好歹；其次要怪宋庠，他才是这场冲突的幕后导演。不过，这件事也体现了胡恢的才士性格。写《梦溪笔谈》的沈括曾经说过，胡恢喜欢"臧否人物，坐法失官"，这恐怕也与胡恢的个性有关。胡恢"坐法失官"的内情不详，但沈括与胡恢是同时代人，他的话应该是可信的。

性格决定命运。这种性格决定了胡恢仕途不会顺利。他丢掉官职之后，生活陷入贫穷困顿之中。潦倒了十几年，终于等到一次到开封赴选的机会。但僧多粥多是明摆着的，形势很不乐观。万般无奈之下，胡恢只好发动"哀兵"，向当时的宰相韩琦献诗陈情。这首诗全篇没有留下来，但其中一联却传诵遐迩："建业关山千里远，长安风雪一家寒。"这差不多就是当年杜甫流落长安时的慨叹:"冠盖满京华,斯人独憔悴。"据说韩琦读诗之后,大受感动。当时,开封太学正准备重刻石经,韩琦知道胡恢书法好,尤工篆隶,就推荐他担任篆字书写石经的差使。

大概因为写经有功,胡恢后来又到地方州郡担任幕僚,做到华州推官。历史上,人们都称他为"胡恢推官"。韩琦《安阳集》卷五就有一首《答胡恢推官》:

当年都寺接贤初,屈指光阴一纪余。
自说三茅深处稳,不逢双鲤寄来书。
隔江闻授诸生业,命驾因烦长者车。
得见新诗与高论,积年劳咨已全袪。

显然,胡恢曾把自己的近作寄给恩公。这时,距离他们相识已经十二年多了。

作为金陵人,胡恢当然关心南京本地的历史和古迹。他写过一部《南唐书》,比马令和陆游的那两部《南唐书》都要早。在北宋初年,有关南唐的话题是有相当政治敏感性的。北宋官方不承认南唐这一国号,改称"江南",贬低其地位,千方百计地抹煞这一段历史,巴不得人们统统忘却才好。胡恢居然来写《南唐书》,是要有点胆略的。书成之后,他寄给当时著名学者苏颂。

苏颂一方面肯定作者的才致和此书体例的创新，但也提出三条异议：一是写的既然是《南唐书》，而不是《五代史》，那么，南唐三主就应当各立"本纪"，而不是设为"载记"，这不合史书的体例；二是书中将一些南唐官名改为当时官名，三是书中所载李氏诏令，有些经过润色修改，都不合适。这第一条的道理，胡恢未必不懂，可这牵涉到政治忌讳，说说容易，真做起来就难。况且，胡恢这么做是仿照《晋书》体例，无可厚非，清代四库馆臣早为胡恢辩护过。而第二、三条则再次暴露了胡恢的文士习性。可惜的是，胡恢《南唐书》今天已经看不到了。

胡恢其人其事，颇有一些传奇性，早在北宋就已流传开来，沈括《梦溪笔谈》就是媒介之一。在沈括的笔下，他向韩琦献诗，似乎还是一段文坛佳话。而到了南宋，这一故事流传更广，甚至进入类书，成为历史典故。在南宋人编撰的类书《锦绣万花谷》中，胡恢这段故事被作为"贫贱"的典故，再次成为士人目光的聚焦点，而他的其他生平事迹，反而被屏蔽、被删略了。"建业关山千里远"，后人想象中的胡恢形象也由是扁平化，并就此定型下来了。

树上的诗人

十六世纪初的某一年,如果你恰好在南京街头闲逛,你无意中抬头,或许会看到一个文人正端坐在一棵大树顶上,他神情憔悴,形容枯槁,若有所思,似有所想。你切莫为他担心,更莫要当他是个神经病。不信你问问身边的人,他们早已见怪不怪了。那不是翰林院编修出身的罗先生吗?他正在俯仰古今,"霞思天想",构思他的奇篇妙制。

罗先生是一位树上的诗人。

罗先生的大名叫罗玘,字景鸣,江西南城人,自幼博学好古文,可惜运气不好,到四十多岁才考上个进士。之后,选翰林院庶吉士,授编修,又回到南方,到南京来做官。那时的南京是明朝的南都,有一套完整的官僚体制,但几乎是摆设,清闲得很。罗先生从太常少卿、太常卿,一路做到南京吏部右侍郎,他的后半生,走在平坦的宦途之上。

不过,他的写作生涯却似乎并不平坦。

罗先生的作品,今传有《罗圭峰文集》三十卷,数量不算太少,各体诗文都有,应酬的作品尤其不少。人在江湖飘,哪能不挨刀。罗先生在官场上混，总有一点社会关系，也总免不了作一些应酬诗文。这也许难不倒吴中风流才子唐伯虎、文徵明那些人，却苦了这个江西的倔强秀才。这倒不是别人纠缠他特别多，而是他自己的构思方式太特别，岂止匪夷所思，简直叹为观止。

我们领教过唐代诗人贾岛的苦吟，悬想半夜回家，手里不停比划着推门、敲门的动作，甚至"两句三年得，一吟双泪流"，那都不是要命的把戏。我们也领教过宋代诗人陈师道的冥思，闭户锁门，蒙头打腹稿，那时节，连老婆孩子也要躲得远远的，这也不见得有多大的危险。跟罗先生相比，贾岛和陈师道玩得都不太出格。

据说罗先生的文风是学韩愈，诗风则近于陈师道，总之是要求戛戛独造，文必己出。据他的同时代人陈洪谟说，罗先生为文呕心沥血，不但像陈师道那样关门闭户，甚至高踞木石之上，离群索居，苦思冥想。他的诗文经常改动，风格幽渺奥折，磊落崟崎，有意作态，倒是跟他的孤僻偏诣的性格相近。他的诗文集收入《四库全书》，四库馆臣照录陈洪谟的话，却是将信将疑。

其实，陈洪谟还是为尊者讳，有意轻描淡写，下笔留了分寸的。一般人或许以为，罗先生的"扃户牖""踞木石"，只是隐士或高人的派头而已。看一看《明史》中的传记，才知道罗先生进入创作状态时确实比较另类,接近于行为艺术。传记的依据是他同时代人的描述:罗先生栖居于高高的树顶之上,霞思天想,有时闭坐一室,枯坐干想。好事者从门缝里偷窥,只见他脸色枯槁,有"死人气",有点吓人。今天传世的《罗圭峰文集》,至少有一部分诗文,是罗先生冒着生命危险,在树顶上,在密室中,死去活来几次才完成的。

来自苏州的同事都穆,早就知道罗先生的文名,却可能不太知道罗先生创作的超级艰辛。有一次,他请求罗先生为自己去世的父亲写一篇墓志铭,这本是人子之常情,不好推托,但可把罗先生折腾惨了。朋友之托,自然不能率尔,罗先生加倍认真从事,以不负故人之托。就为了这么一篇墓志铭,用罗先生自己的话说,他死去活来了四五次。呜呼!

你可以认为这是辗转传闻,夸大了事实。有意思的是,罗先生同时代人都对此深信不疑,其中不乏严肃认真的学者,比如焦竑。焦竑是万历十七年(1589)的状元,是南京本地人,而且在翰林院待过,算得上罗先生的后辈。说不定,他还来得及接触一些亲眼看着罗先生上树的人呢。焦状元在《玉堂丛语》中对此事津津乐道,当作翰林院前辈的一段佳话。

焦状元特别标明这件事发生在南都,是南都的一段风雅旧事。也许,他的弦外之音是,这一类事似乎不大可能发生在北京。这让我们想起了那个时代南京城的另一位奇人史痴翁,也理解了千方百计从北京"围城"中"突围"而出,来到南都流连忘返的那个"青年才俊"明武宗。

"为人性僻耽佳句,语不惊人死不休"。罗先生有多少惊人佳句,暂时不去点检,无疑的是,他属于那种死了都爱做文章的人。文如其人。罗先生作文较真,是因为他做人较真,较真得近乎迂执。人心不古,在这样较真的人越来越成稀有动物的当下,可怜的罗先生也似乎显得越发可爱起来了。"谁想看清尘世,就应同它保持必要的距离。"说过这句话的卡尔维诺,应该会爱上罗先生吧。树上的诗人,才有霞思和天想。

如果时光能够倒流,我很愿意先退到差不多五百年前(1506—1521)的南京。首先,在树下看一看著名作家罗先生的行为艺术,然后,再等上几年,在街头等着瞻仰那位闲晃到南京来耀武扬威的可爱天子明武宗。

岂不懿欤盛哉!

沈周、祝枝山和唐伯虎的秋香

江南出才士。明代苏州文士画家沈周、祝枝山、文徵明、唐伯虎等人,都是风流才士,名闻天下,传扬至今。电影《唐伯虎点秋香》几乎无人不知,无人不晓,而沈周、祝枝山赞秋香,却没有太多人知道。

明代成化(1465—1487)年间,也就是十五世纪六十年代到八十年代期间,南京秦淮河边有个名妓,名叫林奴儿,号秋香。这秋香姿色出众,号称一时风流魁首。与凡脂俗粉不同的是,她还兼通诗画。当时南京城里有两位很有名的画家,一个叫史廷直,一个叫王元父,都是相当有个性的人物。尤其是史廷直,他跟苏州文人画家圈还有密切的关系。秋香向这两位拜师学画,风格清润,在旧院姐妹中传为佳话。往来长板桥畔的文士,莫不以得识秋香为幸。

秋香后来从了良。对她来说,这当然是一件可以庆幸的事,虽然别人未必这么想。有一位旧日的客人,对秋香念念不忘,想方设法,只图再见一面。秋香深感不便,坚决拒绝。不过,她毕竟是个聪明人,拒绝也讲究技巧,表达得特别有艺术

性。她找到一把扇子,在扇面画了一棵柳树,并题上一首诗:

> 昔日章台舞细腰,
> 任君攀折嫩枝条。
> 如今写入丹青里,
> 不许东风再动摇。

这首诗见于《青泥莲花记》。这是明代学者、诗人、戏曲作家梅鼎祚辑纂的一部奇书,文笔细腻,情节生动。书中专记历代青楼妓女,悲叹其非人生活,颂扬其节操与才华,认为她们是出污泥而不染的莲花。按此书作者的说法,这秋香就是一朵青泥中的莲花。不知道这把扇子是否还在人世,至少我没有看到过,这柳树画得怎么样,不好说。照常理,柳树只要画出枝叶婆娑,便有生意,对秋香这样受过名师指点的,应该不是太难的事。

难的是题画诗。古往今来,咏柳的诗篇汗牛充栋,很不容易出新。与南京相关的柳树故事也多,比如,桓温的"金城柳"和韦庄的"台城柳",等等。秋香这首诗写的是"秦淮柳",出手不凡。她以柳自比,赋物描写,比兴见志,都很恰当。第三句的转折尤其有巧思,无理而妙。这不是普通的柳树,更不是章台柳,它是丹青画幅里永远美丽的柳树,也永远不会随风摇摆、任人攀折。"章台""细腰""攀折"这几个词语，化用的都是与女人尤其歌妓相关的旧典，融合无痕。如果没有假手他人，这秋香堪称诗中高手。

轻罗小扇，显然是适合小女子的，题扇、画扇、自用、赠人，都适合。秋香自用、自题的小扇，当然不止一把，可惜大多不传。与她同时代的书画家祝枝山（允明），就曾经见过一把，并写过一首《题秋香便面》的诗：

> 晃玉摇银小扇图，
> 五云楼阁女仙居。
> 行间著过秋香字，
> 知是成都薛校书。

按照唐代人的习惯，妓女常常被称为"女仙"，而"成都薛校书"指的是唐代成都才貌双全的名妓薛涛。祝枝山诗中称秋香为"女仙"，比作"成都薛校书"，从身份上判断，这秋香应该就是林奴儿。祝枝山对秋香的评介显然不低。看诗的语气，他跟秋香也可能是比较熟的。

像祝枝山这样的书画名家、风流才士，为人代笔，是司空见惯的事。他也难免出入旧院河房，与名妓多有往来，也容易受人委托。当时夫子庙名妓中，有一位姓刘的，与一位书生相

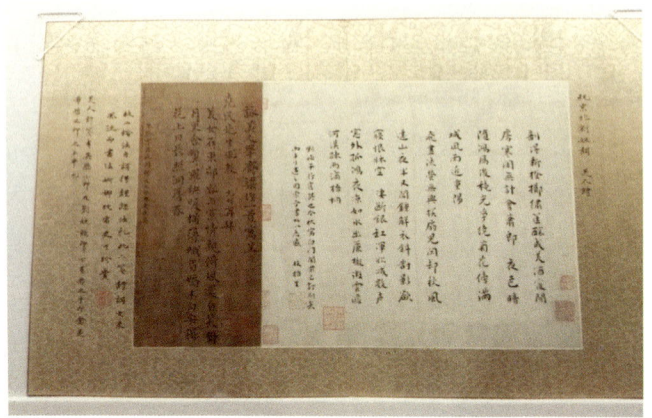

祝允明书刘姬诗

沈周画柳

好。那年，书生到贡院来应试，考试前，与刘姬约定了相见的时间，后来却失约了。这让望眼欲穿的刘姬很是失落。郁闷的刘姬请祝枝山代笔，代撰并代书了两首词，抒发自己的无绪和怅惘。第一首词是《浣溪沙》：

> 剖得新橙掷绣筐，酿得美酒覆闲房。寒闺无计会萧郎。
> 夜色暗随鸿雁后，秋光争绕菊花傍。满城风雨近重阳。

第二首是《临江仙》：

> 飞尽流萤无兴扑，扇儿闲去秋风。远山夜半又闻钟。
> 解衣斜对影，欲寐恨床空。
> 凄断银缸浑欲灭，数声窗外孤鸿。夜凉如水出帘栊。
> 微云淡河汉，疏雨滴梧桐。

这首诗写的是刘姬，不是秋香，但可以代表秋香。祝允明还写过一首《咏美人学齐梁作》一首，可能也是受人委托的：

> 美女在东邻，容与寡情亲。
> 倚风还自笑，对月更含颦。
> 罗袂暖犹薄，蛾眉妖未匀。

安得花上日，长照洞房春。

这首诗敷彩艳丽，确实像齐梁体，当然适合送给旧院的秋香和她的姐妹们。

比祝枝山、唐伯虎早一辈的苏州画家沈周（1427—1509），也曾经为林奴儿的画题词，调寄《临江仙》：

舞韵歌声都摺起，丹青留个芳名。崔徽杨妹自前生。笔愁烟树杳，屏恨远山横。

描得出风流意思，爱它红粉兼清。未曾相见尽关情。只忧相见日，花老怨莺莺。

这首词以三个古代名女人比秋香：一个是崔徽，唐代擅长绘画的名妓；一个是杨妹子，宋宁宗皇后的妹妹，擅长题画诗；一个是崔莺莺，小说《莺莺传（会真记）》和戏曲《西厢记》中的美丽的女主角。善画，能诗，美丽，在沈周眼里，秋香集三者于一身。

这样说来，沈周、祝枝山都与秋香有些瓜葛，当然，此瓜葛非彼瓜葛。唐伯虎既与沈周、祝枝山行止相近，当然也可能与秋香有瓜葛。于是，到了明末，别人的事迹就嫁接到了唐伯虎身上，唐伯虎点秋香的故事便应运而生。唐伯虎被推到了前台，南京却退到了幕后。

八卦洲史臣曰：

唐伯虎可以有，但唐伯虎的秋香则未必有。

秋香肯定有，沈周和祝枝山的秋香也肯定有，就在十五世纪的南京，在柳丝飘拂的秦淮河畔，河房帷下。

诗人左臂的一枚万历古钱

明末流寓南京的闽籍士人很多,值得一提的名字也不少。林古度便是其中一位。

林古度(1580—1666)是福建福清人,字茂之,号那子,别号乳山道士。他的父亲林章,字初文,是明末著名诗人和戏曲家。在父亲的影响下,林古度很早就能诗,而且终身好诗,以诗人名世。后来,他随家人迁居金陵。虽然其间也曾回过福建老家,但后半生基本上是在南京度过的。他的好朋友徐兴公即徐𤊹有诗《送林茂之还金陵》:

> 却把他乡当故园,
> 移家今在杏花村。
> 雪霜千里潘郎鬓,
> 风雨孤灯越客魂。
> 怨别忍歌南浦柳,
> 梦归为恋北堂萱。
> 与君不比寻常别,

衫袖真看有泪痕。

从这首诗可以知道，林古度当时的住处，是在南京城南、中华门西的杏花村一带。这是一个饶有诗意的地方，适合诗人居住。据说，他也曾在华林园侧、珍珠桥南居住过。最后，他隐居于溧水乳山，山上有澄澈甘甜的玉乳泉。杏花村、华林园、珍珠桥、乳山，顾名思"味"，如能嗅到诗的芳香。

写诗之外，林古度喜欢刻书。他在南京刻印的书，既有今人的书，比如好朋友钟惺的《隐秀轩集》、福建同乡曹学佺的《蜀中名胜记》、莆田诗人陈昂的《白云集》，也有古人的著作。例如他与新安汪骏声合作，刻印宋代遗民闽人郑思肖的遗著《心史》。那是在1640年，四年之后，天翻地覆，大明王朝分崩瓦解。山雨欲来风满楼，大概，这位敏感的诗人已经预感到自己可能成为遗民的命运了。

林古度无意仕进，没有官职，却与当世名流多有交游。他的交游名单，可以开出一长串，包括徐𤊹、曹学佺、钟惺、谭元春、胡宗仁、钱谦益、黄宗羲、顾炎武、吴嘉纪、王士禛等人。他寿命长，活到八十七岁，从明末直到清代康熙初年，是最为长寿的明遗民之一。这是诗人的生命奇迹。

其实，林古度的家境并不好，明亡以后，尤其贫困不堪。钱谦益《列朝诗集小传》中，称其"居金陵市中，家徒四壁，架上多谢皋羽（翱）、郑所南（思肖）残书，摩挲抚玩，流涕渍湿"。这是一位贫困遗民的形象。在顾炎武的笔下，八十一岁的老诗人身体康健，有如青松，他的坚贞之志，也像松柏一样：

> 江山忽改色，
> 草木皆枯萎。
> 受命松柏独，
> 不改青青姿。
> 今年八十一，
> 小字书新诗。
> 方正既无诎，
> 聪明矧未衰。

八十一岁还能写小字，赋新诗，耳聪目明，已自难能可贵，而更为可贵的是他的守正不屈，始终如一。

作为明遗民，林古度最让人咏叹、最有戏剧性的举动，是他终身佩戴儿时的一枚万历钱。林古度出生于万历八年（1580），在万历（1573—1619）时代，他度过了自己的少年、青年和中年。明朝灭亡了，这枚前朝旧钱自然一文不值，但是，对于遗民来说，它却有非同寻常的象征意义。林古度长年佩戴于左臂，日夜厮磨，岁月愈久，古钱愈发铿亮，仿佛可以照见遗

万历通宝

永历通宝

民的忠心。

这枚一文不值的古钱,引起了诗界的注目。徽州诗人汪楫赋诗,题目就是《一钱行赠林茂之》:

> 一片青铜何地置,
> 廿载殷勤系左臂。
> 陆离仿佛五铢光,
> 笔划分明万历字。
> 座客传看尽黯然,
> 还将一缕为君穿。

泰州诗人吴嘉纪也有《一钱行赠林茂之》:

> 谁家酒垆可赊饮,
> 一钱先与人传看。
> 酒人睇视皆垂泪,
> 乃是先朝万历钱。

改朝换代,通常都要发行新钱币。这枚万历古钱也许不能沽酒,也不能在市面流通,但是,它却是一件信物,是遗民对前朝的忠爱的信物。东汉诗人繁钦《定情诗》中写男女情深,"何以致叩叩，香囊系肘后。"系在林古度左臂之上的这枚古钱，就是情人肘后悬系的香囊，表达了遗民对亡明的忠贞和执念。

收藏明朝钱币的明遗民，不止林古度一位。岭南诗人屈大均也保留了一枚永历（南明皇帝朱由榔的年号）钱，时时佩戴于身。所以，屈大均对林古度佩戴古钱一事，特别能够理解。这不是一般的同情之理解，而是沦肌浃髓的同病相怜。

屈大均说：

> 侯官林茂之先生有一方孔钱，系臂五十馀载，泰州吴野人为赋《一钱行》以赠之。予亦有一钱，文曰"永历通宝"，其铜红，其字小篆，钱式特大，怀之三十有一年矣。

吴野人就是吴嘉纪。屈大均说林古度系臂五十馀载，汪楫说他系臂二十载，大概是汪楫说得较早，而屈大均说得较晚，并不矛盾。

钱币是政权的符号。臂系古钱，是一种富含政治寓意的行为艺术。岭南与南京悬隔千里，屈大均比林古度年幼五十岁，这是一个巨大的时空间隔。然而，在那枚万历古钱和那枚永历古钱之间，这个间隔根本不存在。

柳如是的弓鞋与竹刻大师的技艺

竹刻是南京民间艺术之一,久负盛名,作为非物质文化遗产,至今仍有传人。现在要说的濮仲谦,就是明清之际名扬南京的竹刻艺术家。

用老话说,濮仲谦就是个手艺人,用今天的话说,他算得上工艺艺术家。他的艺术创作和个性气质,深得当时文人雅士之心。张岱《陶庵梦忆》中有一段文字,专写"金陵濮仲谦":其人"古貌古心,粥粥若无能者",外表不善言辞,但手上工夫着实了得,巧夺天工,日常使用的竹器小件,一帚一刷,在他手里"勾勒数刀",立刻神采焕发,身价倍涨,"价以两计"。其实,濮仲谦自己最喜欢的,是利用竹子自然形成的盘根错节,尽量"不事刀斧",只用手"略刮磨之",就能高价售出。这种拿手好戏,让张岱叹服不已。

仲谦名噪一时,作品受人追捧,市场行情很好,当时很多人热衷于收藏他的竹刻,"得其一款,物辄腾贵"。他在三山街营业,带出了一大批徒弟,着实让南京竹刻行业火了一把。按说,他早该发家致富,可是他却依然一贫如洗。这要怪他的个

濮仲谦刻的"绵绵瓜瓞"水注

濮仲谦刻老松竹笔筒

性。艺术大家往往个性强,脾气大,濮仲谦尤其如此,他任性适意,鄙夷势利,大有六朝名士的风度。他痴迷竹刻,在友人座间看到好的竹料,马上动手雕刻起来,旁若无人。若碰到不合意的人,给再多钱,也不理会。

近代雕刻名家褚德彝在其《竹人续录》中说,竹刻可以分为两派,一派重在制物,即取竹根雕成人物鸟兽之形;一类是平刻,又分深刻和浅刻两种。其中浅刻一派,即开创于濮仲谦,称为金陵派;而深刻一派,源自嘉定朱松邻,人称嘉定派。其实,从张岱所记来看,濮仲谦不止擅长平刻,也擅长制物。比如,他曾为明清之际秦淮名妓柳如是制作过两双弓鞋的底板。弓鞋是古代缠足的小脚女人穿的鞋,因其形弯曲如弓而得名。夏日的南京,湿热难耐,用竹子做鞋底板,穿起来凉爽舒适,自

古代女子弓鞋鞋样

山围故国

然妙不可言。区区微物，足见濮仲谦富有创意。不怪记载此事的《五石瓠》，将其当成一段风流佳话。

当然，此物非彼物。濮仲谦最擅长的还是平刻。他雕刻的竹扇骨、竹笔筒、臂搁、水注等，闻名遐迩。褚德彝收藏有濮仲谦刻过的一个竹扇骨，上刻双松缠绕茑萝，纠结不断，浅刻款识"仲谦"二字；又藏有他刻的竹笔筒，高三寸多，刻的是一棵百年老松，鳞皮重叠，斜干旁出，树腔空处，有二老者展画共观，老者身后复有二僮陪侍，眉目神态，栩栩如生。

此外，濮仲谦还用树根刻过一个"八仙过海"的笔筒，但见波涛之上、卷云之下，八仙神态各异，衣褶简练，细节生动，令人佩服。

张岱之外，明末清初其他文人对濮仲谦也倍加赞赏。清初诗人宋琬有一首《竹罂草堂歌》，称濮仲谦为"白门濮生"，这亲切的口吻，就像称呼自家人一样。王士禛《池北偶谈》卷一七特别提到当时以"一技之长"而知名海内的几位名家，包括雕竹的金陵濮仲谦，造紫砂壶的宜兴时大彬，制扇的江宁伊莘野、仰侍川，装潢书画的庄希叔等，"虽小道，必有可观者"。

濮仲谦与钱谦益同龄，同生于万历十年（1582）。不知道他们的结识，是否因了柳如是的那双弓鞋。1641年，六十岁的诗人钱谦益作《赠濮老仲谦》：

沧海茫茫换劫尘，
灵光无恙见遗民。
少将楮叶供游戏，
晚向莲花结净因。
杖底青山为老友，
窗前翠竹似闲身。
尧年甲子欣相并，
何处桃源许卜邻？

从前有一巧匠，有本事把玉片刻得像楮叶那么薄，惟妙惟肖，混在楮叶堆中，浑然莫辨。钱谦益借古事赞叹濮大师的手艺，也把他当成自己的同道。濮仲谦晚年信了佛，隐居山林。青青翠竹，尽是法身，郁郁黄花，无非般若。钱谦益这首诗中的"遗民"，还只是指隐士，苟存性命于乱世。可叹的是，三年之后，大明王朝就彻底倾覆，濮仲谦变成真正的遗民。

濮仲谦作品传世至今的已经不多，但是，在乾隆时代，世间应该还有不少。乾隆皇帝就曾见过濮仲谦刻的一个梅花竹笔筒，很是欣赏，于是题诗一首：

疏花几朵瘦梅苍，
扑鼻依稀递暗香。

> 自是野情仿元咎，
> 似犹繁态鄙元章。
> 完非裂现甲丁护，
> 雕不痕留锋刃藏。
> 名下无虚依古语，
> 故应说项羡渔洋。

乾隆见多识广，经眼无数工艺精品，摩挲过多少绝世奇珍，面对这个笔筒，居然发出"雕不留痕""名下无虚"的惊叹，濮仲谦的技艺真是出神入化了。

濮仲谦名澄，仲谦是他的字。他历来被称为南京人，被尊为竹刻金陵派的开创者，众口一词，几无异议。这大概是受了张岱那篇文字的影响。张岱文章被选为中学文言文阅读材料，甚至被当作高考考题，传播很广，"南京濮仲谦"的印象也因此深入人心。实际上，濮仲谦是安徽当涂人，明代属太平府，府的治所就在当涂。当涂离南京很近，濮仲谦很早到南京发展，也在南京成就了一番事业。无论如何，他是明末流寓南京的名人，不应该被忘记。

袁才子乱判葫芦案

怪事到处有,铜井特别多。这些怪事都给新进士袁枚碰上了。

沿南京城的绕城公路,朝着横溪方向,有一个出口指向铜井。这是南京的一个古镇,从前属于江宁县,现在属于江宁区。据说此地的得名,是因为曾有铜矿,不过,那大概是古早年头的事了,如今再想挖铜矿,只能徒劳无功。

袁枚科举顺利,二十多岁高中进士,点了翰林。可惜,他在翰林院的时候,没有好好学满文,散馆考试,满文不及格,不能留在京里,继续清闲的翰林生涯,只能外放,下基层,到南京当了个江宁县令。

新县令袁枚下乡,有好几次到过铜井村,处理过与铜井村有关的案子。当年的铜井村,就在今日的铜井镇。某一年,铜井村有位医生用错药,医死了病人,闹出官司。为了查清此事,袁枚带上随从马上前往该村。天黑了,他不想惊扰乡民,就在一座破庙里住了下来。庙里没有床,随从弄了点稻草铺在地上,将就睡了一夜。第二天一早,就到铜井村查案去了。

铜井村老有怪事发生,至少在袁枚眼中是这样。乾隆十年(1745)五月初十日,忽然狂风大作,天昏地暗。南京城里十八岁的韩姑娘,被刮到了九十里开外的铜井村,第二天,村里人把韩姑娘送回城里,平安无事。这位韩姑娘已经许配李秀才的儿子。秀才家得知此事,不干了。一场大风,怎么可能把人吹到几十里外,李家认定姑娘有奸情,是跟人私奔去的,其间又不知有何变故,才想吃回头草。狂风这种谎言,秀才家不相信,两家相执不下,李家告到江宁县,要求与韩家解除婚约。

中国人对婚姻的传统态度,向来是劝合不劝离,袁枚也不例外。不过,要说服李家改变态度,却不那么容易。李家是读书人,袁枚就搬出古书,开导李家撤诉。话说元代的时候,苏州有位芊姑娘,被一阵大风刮到几千里外的大都(北京),那距离可比铜井村远多了。大都一户梁姓人家把姑娘救了起来,梁家儿子还娶她为妻。这芊姑娘很有旺夫运,婚后,丈夫一路顺利,中了进士,做了高官。元代名臣郝经专门为此写了一首诗,不信,去翻郝先生的《陵川诗集》,这首诗还赫然在列呢。

袁枚说:"郝公一代忠良,不可能编谎话骗人!既然吴门女子能被吹到大都,城里姑娘吹到郊外,有何稀罕?有奇遇的女子,便是奇女子,你不娶这样的奇女子,只能说你没有福分,将来后悔,可别怪我没提醒你。"

郝经那首诗的题目就叫《天赐夫人词》,诗不甚好,故事蛮传奇。某年八月十五,良宵美景,正是梁家公子与芊姑娘喜结良缘之时。芊姑娘来历最为神奇,她是被一阵黑风吹来的:"黑风当筵灭红烛,一朵仙桃落天外。"她刚来的时候:"四肢红玉软无力,梦断春闺半酣醉。须臾举目视旁人,衣服不同言语异。自说成都五千里,恍惚不知来此际。"这实在是一段天赐良缘,婚后琴瑟和谐,"几年夫婿作相公,满眼儿孙尽朝贵"。这圆满的结局,给世人留下的训诫是:"须知伉俪有缘分,富者莫求贫莫弃。"

如果不是郝经诗题一再提醒,我简直不能相信,自己不是在读《西游记》,吹人数十里乃至数千里的黑风,只宜见于《西游记》,常理是难以解释的。袁枚当时开导秀才一家,急中生智,只凭记忆,又或者有意做了些加工,于是,成都姑娘变成了吴门姑娘。这当然无妨大局,书上有过的,前贤说过的,秀才家都乐于相信,况且也不能不给新县令面子。总之,李家终究转怒为喜,撤了状子,两家重归于好,婚配如初。

这两段风吹女子的故事背后有何隐情,不得而知。亏得旧时代的断案,不专讲科学,只要合乎情理,或者文化上说得通,援书为证,便无懈可击了。袁枚还因此得到上司的嘉奖,夸他不愧读书人出身,能够引经据典,才断得了这样棘手的案子。

还有一桩怪事,好在不劳袁枚来断案,姑妄言之,姑妄听之。

铜井有人养了一头母牛，耕田劳苦功高，十来年间还生了二十八只牛犊，让主人赚了一大笔钱。牛老了之后，无力耕田，主人不忍心把它卖给宰牛的人，喂养它到老死，再把它埋葬。自那以后，主人夜夜听到撞门声、牛吼声和牛蹄声，闹了有好几个月。村里的人都怀疑是老牛作祟。主人把牛的尸体挖出来，发现牛的双目炯炯有神，仿佛还活着；四蹄子上还沾有麦芒，显然是夜里出来作祟的证据。主人很生气，用刀砍断四个牛蹄子，剖开牛肚子，往里灌粪便之类的秽物。此后，夜里就清静了，这牛再也不出来作怪了。

中国古代主要用牛耕田，农人对牛有一份特殊的感恩，一般不杀牛，也不吃牛肉。应该说，铜井村主人对这只牛算是仁至义尽，这牛遂居功自傲，为所欲为，终于自诒伊戚。

做人要留有馀地，做牛也一样。

"坐井观天"的井天斋

> 床前明月光,
> 疑是地上霜。
> 举头望明月,
> 低头思故乡。

李白这首《静夜思》妇孺皆知,脍炙人口。有人说,诗中的"床"指的是井床,而不是床榻之床。前者在室外,后者在室内,环境大不同。当然,也有人不同意此说。此刻提到这个话题,不是要掺和这场争论,只是作为一个引子,来说说井床。

井床也可以称为井栏,它跟古人生活的联系实在是太密切了。有人生活的地方,就有水井;有水井的地方,就有井床。宋代人赞扬柳永词传闻遐迩,有所谓"有井水处即有柳永词"的说法。每户人家都免不了到井边打水,井台是日常生活中很重要的一个交流平台。住在城市里,习惯了拧开水龙头、使用自来水的现代人,距离那个时代越来越远,对井栏也越来越陌生了。

凿井是民生的必须，也是古代最重要的惠民工程之一。"吃水不忘挖井人"。一井既成，往往于井床上刻字为记，记事之外，亦有纪念主事者之意，若再兼寓教化，就更加意味深长了。井栏石刻贴近民生日用，日日相对，不免"习焉不察"，"视而不见"，不为人看重，使用既久，岁月磨损，或随建随毁，传到后世的不多。其实，它是传统金石收藏中很特别的一类，在当代也是值得珍惜的古物。

南京有二千多年的城市历史，坊巷众多，历代井床不可胜数，但存世的寥若晨星。清代嘉庆道光年间，有一位本地文人，陈宗彝，酷嗜金石，搜拓甚广，立志寻访江宁及附近句容等地的井铭，日积月累，汇辑得十一种，粲然可观。为了纪念这一特藏，他将自己的书斋命名为"井天斋"。这个斋号有两层意思，一层意思是以井为天，在他的眼中，井栏就是一切，以井观天下，表示他对井铭极端重视。另一层意思，则是出自成语"坐井观天"，表示一介寒儒，见闻有限，那是自谦的说法。

这十一种井栏，年代最早的是南朝梁天监十五年（516）的井床。据井床铭文，此井是梁武帝为了解决商旅饮水困难而下诏开凿的，并刻铭为记，井在句容。南朝以下，唐宋元各代都有。明代以后的井床，因为年代较近，陈宗彝没有收集，今天看来，未免有些遗憾。有的铭文颇有文采，比如螺丝转弯那个地方，原来有两口井，其中一口刻有：

鸡鸣寺内的古胭脂井,是南朝荒唐和耻辱磨灭不去的印记。

汉中门附近的古四眼井,铭记着当年的市井繁华。

紫金山顶的应潮井亭。传说井泉通江,与江潮起伏相应。

玄武湖湖神庙的铜钩井。可惜"铜钩井"三字是后人刻上去的,据说此井中淘出了铜钩。

"坐井观天"的井天斋

> 凿窍山足，其泉如玉。
> 匪江斯流，泄窦幽谷。
> 神物护藏，天机感触。
> 泥滓之肠，以浣以沃。

立意既佳，文辞也清美可诵。靠近凤凰台有一条胭脂巷，巷内有一口井，井栏上刻着小篆"来凤泉"三字，笔法很像李阳冰，虽然未必出自李阳冰之手，但也很耐看，赏心悦目。

陈宗彝，原名秋涛，字仲虎，一字雪峰，江宁诸生。他不屑于举业，以一介寒儒而不辞辛苦地收集古金石，校考古籍，著述甚多，于《尔雅》《急就篇》《华严经音义》等书用功尤深。他与本地学者朱绪曾、金鳌等人往来最为密切，也曾北上京城，交游名士，开阔视野，其眼光与一生足迹不出南京之地的儒士自不可同日而语。

陈宗彝的交游中，还包括晚清著名书法家何绍基、画家诗人汤贻芬等。他与何绍基相识的时候，正在京城汪喜孙家当塾师。汪喜孙是清代著名文学家汪中之子，家富藏书，为人博雅，宾主相处，也算投缘。那时，陈宗彝留给何绍基的印象是，"正静能趋义，不徒嗜古而已"。道光二十二年（1842）春二月，何绍基从长沙来到南京，只见到陈宗彝的弟弟陈槃生，并聘请其为塾师。从陈槃生那里，他得悉陈宗彝已在上一年十一月去世，悲惋之馀，不胜今昔之感。

画家诗人汤贻芬曾经看到过这批井床拓本，不禁诗思腾涌，为之感赋《建康古井栏歌》。诗中写道：

> 此十一井同乡土，
> 谁访得之陈仲虎。
> 非刃一刺不投入，
> 苦尾胡为辘轳苦。
> 有井水处君皆知，
> 世上无人耽汲古。
> 古井千秋上下天，
> 天虽一规输快睹。
> 此卷当胜五色云，
> 江乡岂但图经补。

确实，世人只知凭借井栏汲水，陈宗彝却依靠井床汲古。这口古典的井，水活源清，甘甜可口，把之不尽。当然，这也是一口南京乡土文化的井，陈宗彝生长于斯，滴水之恩，掘井相报。

黄云鹄何许人也？

黄云鹄（1819—1898）是晚清著名学者、理学名家。他是湖北蕲春人，字翔云，室名实其文斋。咸丰三年（1853），三十五岁的黄云鹄考中进士，并开始踏上仕途。官越做越小，学问却越做越大，这是禀性所决定的。在学问方面，可以一提的是，他是国学大师黄侃的父亲，晚年曾受聘担任南京尊经书院的山长。

清代南京书院甚多，只说三个比较有名的：一个是钟山书院，原址在今太平南路上，白下会堂附近。另一个是惜阴书院，原址在龙蟠里，曾为江南国学图书馆、南京图书馆古籍部，今为江苏省文化厅之所在。还有一个是尊经书院，原址在夫子庙尊经阁。

若论地理位置，三个书院各有千秋。钟山书院位于人居稠密之区，历史悠久，名师最多，得天独厚。惜阴书院地处清凉山麓，乌龙潭畔，山水清幽，这样的环境最适合读书。尊经书院则是在夫子庙之后，邻圣贤之祠庙，居学宫之内，咫尺贡院之地，庄严的棂星门，壮丽的魁光阁，都可以激励士子触景生情，立志读书。嘉庆十年（1805），当时的江苏布政使康基田，曾为尊经书院题写一副对联：

> 立德、立言、立功，士先立志；
> 有猷、有为、有守，学必有师。

对联勉励士子要"立德、立言、立功"，也就是致力于传统所谓"三不朽"。"三不朽"的关键是"立志"，立志读书，是致力于"三不朽"的第一步。正确立志，有为有守，首先离不开良师的指引，所以说"学必有师"。此联虽然没有多少文采，用心立意却很好。可惜，在洪杨之乱中，夫子庙尊经阁以及书院的这副对联都毁于战火。今天，尊经阁则早已辟为游乐场，更难寻见书院的影子了。

黄云鹄出任尊经书院山长的时候，已经年逾古稀。如果按照黄焯《黄季刚先生年谱》中的说法，这是在1892年，那一年，黄云鹄已经七十四岁。而如果根据《黄侃日记》所载王伯沆的说法，当在1894年，黄云鹄那时已经七十六岁了。

黄焯是黄侃的侄子，上距晚清较远。而黄侃是黄云鹄之子，王伯沆则是黄云鹄在尊经书院的学生，又是当事人。两造对比，恐怕还是黄侃所记王伯沆之言比较可信。

1928年3月，黄侃离开东北大学，南下金陵，出任中央大学国文系教授,与王伯沆成为同事。7月4日,既是同事、又是"世长兄"的王伯沆来到黄家,闲谈之中,王伯沆深情回忆了黄云鹄对自己的教诲,"云甲乙午未间,应尊经书院试,屡得超等,因执贽进见"。所谓甲乙午未间,指的就是甲午、乙未年间(1894—1895)。

在王伯沆的记忆中,黄云鹄是一位慈祥的老者:"曳朱履,扶杖行篱落间,与之语,云:'子文虽见取,却非定佳,然天才可成,宜用力读书以自立。'语时状貌温蔼,辞意款诚。"这一幕给王伯沆留下了深刻的印象,他深有感慨地对黄侃说:"平生所问业之师不少,不能忘者,独先生耳。"又说:"经师易得,人师难求,读书不根诸身心,则学问直是身外事。"讲完这一席话,王伯沆进而向黄侃借阅黄云鹄的《实其文斋遗书》,黄侃一时找不到,就先找出父亲的两本《念昔斋癙图纂》借给他。

此后不久,黄侃又特地找出父亲相片的底版,洗印一张,送给王伯沆,并在相片背后用楷书写了这样一段题跋。一笔一画,工工整整,字里行间,浸透着对先人的绵绵怀思:

> 此先君子丙申三月在武昌江汉书院中所照像,时年七十八。其后二年岁在戊戌八月十九日卒,距今忽一世矣。孤露之生,萍浮南北,独此像版常在箧中。伯沆先生,先子门人也,今年始晤于上元。先生感念旧恩,常垂匡诲,敢印一幅奉贻,俾先生如睹先子颜色。戊辰八月廿二日孤侃泣记。

照片上该位老人,就是黄云鹄。

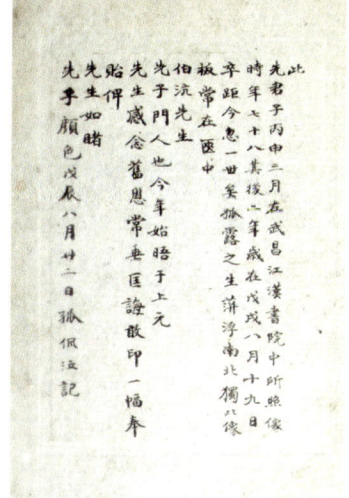

黄侃先生将父亲相片赠送王伯沆先生时的亲笔题记,原件已由王伯沆之女王绵先生捐赠南京大学。

黄云鹄何许人也?

照片中的黄云鹄，虽然端坐着，手中却不离拄杖。看来，这是晚年黄云鹄的典型形象，也看得出，王伯沆的记忆是靠谱的。在王伯沆眼里，黄云鹄不仅是经师，也是人师。数十年后，老门生细数往昔，犹然感念不已。理学名家的黄云鹄曾教导王伯沆要把学问与立身行事融为一体，王伯沆后来成为南雍名师，一代耆儒，与黄云鹄的影响是分不开的。

受教于黄云鹄，是王伯沆生平的重要节点，各种有关王伯沆的传记文献多有提及，但却误称他是在钟山书院受教于黄云鹄。这一说法可能始于钱堃新所撰《冬饮先生行述》，后来以讹传讹，流传甚广。这不仅误会了黄、王二先生的人生经历，也使尊经书院脱落了一段引以为荣的历史，亟当纠正。

不过，钱堃新张冠李戴，把两个书院弄错，也不是没有缘故的。原来，除了尊经书院，王伯沆也曾就读于钟山书院，不过是在尊经书院之后。那是在光绪丙申年（1896）。在那里，他与程先甲、杨炎昌等同学，考试经常名列前茅。他在钟山书院也遇到了名师，不过不是黄云鹄，而是缪荃孙。在《艺风老人日记》中，还能看到王瀣（伯沆）的名字。

诗人胡翔冬先生佚事

民国初年，胡翔冬先生在安徽省立第十一师范任教，兼任教务主任。学校位于滁州，靠近唐代诗人韦应物吟咏过的西涧，离宋代文豪欧阳修曾经游赏过的醉翁亭和丰乐亭也不远。翔冬先生时常携酒出游，自带煮熟的花生佐酒，三天两头"喝花酒"，风雅快活。那时，安徽省教育经费紧张，教师的工资常常不能按时发放，不免寅吃卯粮。恰好学校聘用的工友中，有一位大名就叫黄金，翔冬先生就命此人前去赊酒。每当此时，总会听到他爽朗的笑声："凭黄金赊酒，岂不快意哉！"

胡翔冬先生是个诗人，善于说诗，而且十分幽默，所谓"譬比万端，庄谐杂作"。这是说他善于打比方，既生动，又诙谐。唐末有位苦吟诗人叫刘昭禹的说过，五律诗一首四十个字，就好比四十个贤人，容不得一个屠沽。屠沽即是以杀猪卖酒为营生的，在古人眼中，是最典型的粗俗汉。这跟说一粒老鼠屎能坏一锅粥是一个道理。

胡翔冬先生由此生发，提出一种新的比方。他说，七绝四句就像四个大兵，貌似易得，实则大有讲究。有一种人作诗，四句诗就像四个兵油子,在兵营中吃钱粮,混久了,一身油气,听到号令,表面上也能做到步伐整齐,营规也背得烂熟,可是满面烟容,身体早被酒色淘空了。这些兵营混混,排队列,作仪仗,还将就着看个样子,若上了战场,碰到劲敌,就不管用了。

还有一种人作诗,好比是从街头强拉来的四个壮丁,用一根绳索拴在一起,每个壮丁看上去都身强力壮,实际上倔头强脑,不受约束,开步的号令一下,这个向左,那个往右,走不到一块儿。

翔冬先生以此喻诗,前一种人作诗,毛病在太油、太熟,就

1926年冬月,胡小石(左五)、陈仲子(左三)、胡翔冬(左八)等摄于南京清凉山。

像老兵油子，徒有花拳绣腿，没有真刀真枪的硬功夫，中看不中用。后一种人作诗，毛病在缺乏章法，四句各自主张，这句说东，那句说西，相互拉扯，哪能成事？翔冬先生年轻时带过兵，当过南京城南一带民团的头领，人称"三太爷"，后来才立志学诗。这套说诗话语，看来是从他当年带兵经历中体会出来的。

二十世纪二三十年代，翔冬先生在金陵大学教诗，而汪辟疆先生则在中央大学说诗。二人虽不同校，却彼此相知。翔冬先生常去牛首山，饮酒赋诗，啸咏于山林之表，徘徊于悬崖之巅，好不风流潇洒。有一次，他趁月饮酒，大醉，卧于崖腹之下，幸而有树枝挡住，只伤双胁，没有致命。没多久，伤痛治愈，他又依然故我。汪辟疆先生曾经开他的玩笑，说你老兄这个样子，活脱脱就是《孔雀东南飞》诗中那两句："徘徊庭树下，自挂东南枝。"

汪先生喜欢跟翔冬先生开玩笑，"善戏谑兮，不为虐兮"。汪先生认为翔冬诗又漂亮又狠，遂将其比作"美女杀亲夫"。这个品评让人过目不忘，印象深刻。我的第一个联想，是美国电影《本能》中的莎朗·斯通（Sharon Stone），这位好莱坞女星是公认的美女，戏中多次残杀其情人，我曾戏译其名为"杀郎·私通"。照今天的标准，汪先生似乎也不免有一些"重口味"，可是，他说诗拿捏分寸、又准又狠的工夫，真心令人佩服。话说汪先生编定《光宣诗坛点将录》时，将翔冬先生点为地羁星操刀鬼曹正，为"屠宰牛马猪羊牲口一员"。一句话，在汪先生眼中，诗人翔冬先生就是一个手操屠刀、下手又准又狠的角色。

翔冬先生执教于金陵大学，这是一所教会大学。耳濡目染之中，他对《圣经》也产生了浓厚的兴趣。他感兴趣的不是其中的基督教教义，也不是书中的宗教故事，而是《圣经》中的所罗门雅歌、保罗默示录。他很欣赏《圣经》这些部分的选词用字之美，认为作诗者可以从中取法。为了示范，他本人专门采用《圣经》中的语句，作诗数首，可惜这些诗作没有收入其诗集，今天大概已不存于人世。否则，我们就能领略翔冬先生诗学广采博取、别开生面的另一维度。

抗战期间，翔冬先生随金陵大学内迁成都，感时伤逝，心情十分郁闷。他客居的院子里，有两棵橘树，秋天结了三个橘子。他不许人采摘，直到初冬，这三个橘子还悬挂在枝头。后来，橘子终于掉落下来，翔冬先生找来细绳，仍将橘子绑回枝头之上，又怕时间长了会烂，索性将橘子外壳刷上一层漆，其色惨黝。课馀回来，他常对着这三个橘子徘徊玩味。这不同寻常的举动背后，或许隐藏着翔冬先生彼时忧郁沉寂的内心。这种故事，非常适宜写入《世说新语》。

翔冬先生是1940年11月10日病逝的。去世前不久，他做了一个奇怪的梦，梦见自己跟随韩愈吟诗，觅得两句：

人间尽有花如海,

不及秋窗梦里看。

醒来后,他反复参详,始终不解其意。没想到过了不久,他就一病不起,真的追随韩文公吟诗去了。这两句梦中偶得,不意竟成了所谓"诗谶",呜呼哀哉!

写在陈寅恪挽王国维联的边上

1927年6月2日,清华大学国学院导师王国维先生自沉于颐和园鱼藻轩。其遗书中有云:"五十之年,只欠一死,当此世变,义无再辱。"信中还委托同为国学院导师的陈寅恪处理他身后留下的书籍。

陈寅恪先生为作挽联云:

> 十七年家国久魂销,犹馀剩水残山,留与累臣供一死;
> 五千卷牙签新手触,待检玄文奇字,谬承遗命倍伤神!

写有这副挽联的陈寅恪先生手札,藏于清华大学档案馆。这件文物,不仅有重要的史料价值,对于理解此联深意以及作者的精巧构思,也至关重要。有几处特别值得注意:

第一处要注意的,是此联的落款。上款是"观堂先生灵鉴",下款是"后学陈寅恪拜挽"。这个落款体现了陈先生对观堂先生王国维的崇敬之情。

第二处要注意的,是此联的自注。古人写诗作赋,早有自

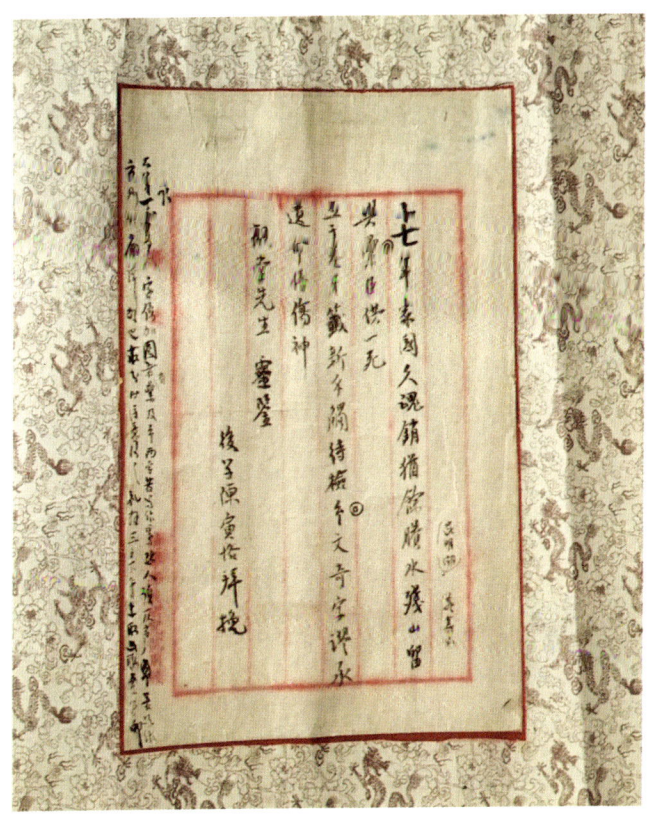

陈寅恪挽王国维联手札。

加附注的传统,但给对联加自注,恕我孤陋寡闻,这还是第一次见到。"剩水残山"是现成的语典,人人耳所能详。陈寅恪先生却特地在旁边加注,"剩水"指的是昆明湖,"残山"指的是"万寿山",这正是王国维自沉之地,也正是王国维临死之前所面对的最真切、最具体的"剩水残山"。换句话说,陈寅恪先生这里所注的,其实是"剩水残山"这个典故的"今典"。虽然"今典"这个概念,他迟至若干年后才提出,但显然,他不希望世人忽略自己的良苦用心,于是有了这样一个"今典"自注,可能也是第一个。

第三处要注意的,是联末的一段说明。此联撰写完毕,交付书写(书人待查考),陈寅恪先生交代特别细致,不厌其详:

> 字傍加圈者有"纍"及"玄"(缺笔)两字,若写作"累",恐人读仄声。若写作"玄",则犯庙讳故也。求书时注意及之。

今查《佩文韵府》,"纍"字读作力追切,属上平声四支韵。"纍臣"用的是"湘纍"的典故,是把王国维比作屈原。此典出自汉代扬雄《反离骚》:"钦吊楚之湘纍。"根据旧注,所有"不以罪死"的人,都可以称为"纍"。从对联格律来看,"纍"字所在的位置,最好用平声字,但若用了仄声字,其实也无大碍。陈先生却认为,这样的细节也丝毫不能含糊,必须讲究。

另外,"玄"字必须缺笔,不能照原样来写,否则就是触犯了清朝康熙皇帝玄烨的庙讳。作为清朝的"纛臣",观堂先生在天有灵,一定不忍寓目。陈寅恪谆谆叮嘱书者,透露的是他事死如生、对故人一如既往的尊重和理解的态度。

观堂先生去世后,陈寅恪先后写了几篇文字,这篇挽联时间最早,其后还有《王观堂先生挽词并序》和《海宁王国维先生纪念碑文》。其中,对观堂先生死因的理解,是有所不同的。《王观堂先生挽词》称王国维"一死从容殉大伦",结尾又说:"风义平生师友间,招魂哀愤满人寰。他年清史求忠迹,一吊前朝万寿山。"持论与挽联相近,还有若干用词用典高度重合,总之是说观堂殉清而死。到了《海宁王国维先生纪念碑文》,陈先生改变重点,强调观堂先生是"以一死见其独立自由之意志,非所论于一人之恩怨,一姓之兴亡",特别表彰并发挥其"独立之精神,自由之思想"。

应该说,对于这副挽联的撰作,陈寅恪先生是专心致志,全力以赴的。对于它的书写,他也是态度恭谨,郑重其事的。这就难怪,对联的内容与形式并臻完美,在当时引起广泛的注意,也获得高度评价。

又过了几年,1932年夏天,陈寅恪受清华大学中文系主任刘文典委托,为当年的国文科目考试命题。他根据多年的读书教学经验，以及自己对于中国语文的理解，在考卷中出了一道对对子的题目。对对子，也就是作对联，是从前蒙学的功课，是教初学者的，现在居然拿来考大学生，所以，当时颇有人不以为然，以为此等雕虫小技，微不足道，不应当作为清华中文系的考题。陈寅恪先生不得不出来阐释自己的思路：对对子绝非小道，它与中国语文特点最有关系，考对对子，可以代替对文法的考核，"盖借此可以知声韵平仄、语辞单复、词藏贫富，为国文程度测验最简之法"，不仅可以测试学生的语言能力，还可以考察学生的逻辑与思维能力。总之，对对子可以因小见大，有深意存焉。

2017年秋初，当我站在清华艺术博物馆展柜前，端详九十年前这副挽观堂先生联的手札真迹，我恍然大悟，八十五年前的那道对对子的考题，那时可能即已在作者腹中打下草稿了。

陈寅恪先生的国学启蒙教育，是在南京完成的。所以，我把这篇小文也收入本书。

图书在版编目(CIP)数据

山围故国:旧闻新语读南京 / 程章灿著. —南京:南京大学出版社,2019.7(2025.10重印)
ISBN 978-7-305-22187-3

Ⅰ.①山… Ⅱ.①程… Ⅲ.①随笔-作品集-中国-当代 Ⅳ.①I267.1

中国版本图书馆CIP数据核字(2019)第088063号

出版发行 南京大学出版社
社　　址 南京市汉口路22号　　邮　编 210093
SHAN WEI GUGUO: JIUWEN XINYU DU NANJING
书　　名 山围故国:旧闻新语读南京
著　　者 程章灿
责任编辑 沈卫娟
照　　排 南京紫藤制版印务中心
印　　刷 南京爱德印刷有限公司
开　　本 787 mm×1092 mm　1/32　印张 10.25　字数 185千
版　　次 2019年7月第1版　2025年10月第4次印刷
ISBN 978-7-305-22187-3
定　　价 58.00元

网　　址:http://www.njupco.com
官方微博:http://weibo.com/njupco
官方微信:njupress
销售咨询:(025)83594756

* 版权所有,侵权必究
* 凡购买南大版图书,如有印装质量问题,请与所购图书销售部门联系调换